清・馮煦修　魏家驊等纂　張德霈續纂

鳳陽府志

十二册

黄山書社

光緒鳳陽府志卷十二

食貨攷

理民之道地著爲本鳳陽濱淮跨有漢九江沛郡之域地方近千里財賦之所產迺擬于江淮諸郡幅員且倍之徵會曾不逮弱半而即今視昔又弱半焉生之索歟土之确歟民事之不力歟蓋鳳陽爲四戰之區粵捻盜戈展轉蹂躪民生凋敝元气未復所謂天意殆非人力顧
天子疏網闊目薄賦斂免漕輓厚生殖與民休息兩淮子弟沐
恩澣長養重熙數十年矣吏茲土者其亦念
天府支絀遺黎艱苦策安全一旦而報稱萬一乎今取攸關民生計者第其序次首戶口次物產次田賦次關榷其徭役漕運倉儲鹽法雜課諸篇各以類屬庶幾賢有司寓目自警亟迫于匡植輔翼而無怨也述食貨攷

戶口

古者不料民而知其多少凡孤終民姓旅姦職革入出各有主者其數皆可知也鳳陽自三代迄于明丁數遞有增耗戶調口賦日增月益民亟窮苦憔悴以身爲累夷逸流徙者若鳥獸飛走莫制而版籍亡實錄矣明太祖義兵起長淮以北鞠爲茂草其時民戶顧又增于前蓋自洪武初年詔移江南民十有四萬詣鳳陽畋田以實京畿凡戶若干口若干（見明史志）至

國朝順治初葉鳳陽府人丁五十二萬二千三百十八丁五分損竄流故絶無籍二十二萬一千一百三十九丁五分節年審益一十二萬九千七百十六丁雍正二年泗潁亳升直隸州以盱眙天長五河潁上霍邱太和蒙城七縣分隸三州損撥入人丁二十五萬六千四百七十一丁五分乾隆四十二年遷泗州治于虹縣改縣爲鄉隸泗州撥入人丁四千四百二十同治三年分宿州地置渦陽縣屬潁州府撥入人三千二百一十八籍記限列二州五縣應差人丁一十六萬三千五百八十五丁五分歸併省衛黄快竄丁二千七百七十凡鳳陽縣人丁一萬十三丁五分歸併外衛三則丁二百六十九又歸併臨淮鄉人丁

二萬三千九百四十九丁臨淮鄉歸併外衛三則丁六十有八懷遠縣實在人丁一萬三千七百十九歸併外衛三則丁四百二十三定遠縣人丁三萬六千五百二十七歸併省外衛人丁四十十二壽州人丁二萬七千五百三十一歸併外衛三則丁九百六十八鳳臺縣人丁一萬一千二百三十三歸併外衛三則丁三百五十九宿州人丁二萬七千七百六十六靈璧縣人丁二萬一千七百八十七康熙五十二年　恩詔嗣後編審增益人丁止將滋生實數奏聞其均科辦糧視五十年丁冊爲斷著爲令永不加賦雍正六年議准安徽所屬丁銀及匠班銀在于各屬田地內均科各衛所屯丁在于各屬田地內均科乾隆

三十七年　上諭嗣後五年編人丁之例永行停止使民得休養生息安其耕植以長其子孫歲仍飭各牧令編審丁數籍而上之以驗民物之盛衰與前代括民戸算緡編役迥不侔矣

物產

鳳郡地跨長淮北侈盈而南縮淮北地高阪平衍無大山巨川墳隰其地畦廣袤積數十畝或百畝民少疏蓄之利略逐犁掩種穀宜麥然亦藝稻淮南岡環之地頗樹之定遠獨無蕃富若蘆稌豆胡麻黍稷菽之屬有秋則最濱淮邑望歲之氓恒倚占豐歉焉五穀之外宜桑蠶鳳陽自古號稱蠶富絲枲利冠諸郡鳳絹壽綢織澤可喜猶有古之遺制今則山川童然事杼柚者寥寥疇昔桑田阡陌杳不復辨然土滿不事本事民實任咎貴地利非宜末也宜麻宜棉好稼朴力者恒大穫愚農囿于所習藝者終鮮煙草豆粟則縱橫千里地出繁植此其大較也至珍異于他郡者卉之屬若雲霧茶（唐宋史志皆云壽州產茶陸羽茶經列入品第蓋以時盛也今土人云壽州茶名雲霧者最佳可以消融積滯蠲除沈痾並見懷遠孫志）青欄紅欄（欄或台李志云青欄色青理堅緻類滿南紅欄色黑者佳處所無按欄木今著于鳳陽兵燹以後山岡濯濯無郡城伐老屋者猶時于梁桷中見之也）蘄則紫艾（元和郡縣志壽州產紫艾鳳臺李志云今北山中有之移植他處輒復白矣產車路山者尤良）茳蘺（鳳臺李志云土人謂之離鄉草惟報恩寺後產之或專植爲業十月布子越六月而刈既穫則納諸坎出液經宿而暴之氣類蘇荏遠方多踵售者其草出境乃香故謂之離鄉草云）八蔆（產鳳陽見袁文新鳳陽新書）蒼朮（產鳳陽有赤砂點者味甘平與茅山產無異）石斛（產壽州）老鸛草（產宿州見江南通志）果實則懷遠之榴（懷遠縣志云邑中以此果爲最曹州貢榴所弗及也有紅花白花二種）宿州之蘋果（見江南通志）定遠之團棗（見安徽通志）皆異品也其石則靈璧石磬山磬石巧石周家山文石土龍山黑白石紅鳥山透花石齊眉山柴玉石他邑

之石不似靈之奇其珍者爲雲母（產鳳陽雲母山）爲鍾乳（產鳳陽莫邪山）中藥
可以疾下者爲石炭懷遠舜耕山與鳳臺連境三山窩煤礦舟
車磨載嘗百里相屬云（鳳臺李志）其水產爲蠙珠暨魚蚌埠之珠今
固不數見然淮白魚猶甲于他處矣其人工所爲爲明角帶（舊志）
（明角出于東鄉至鳳爲帶瑩潤如玉取洪戒寺右井水煮之非此水色澤不耐出刁家者尤佳　按洪戒寺基在郡城西北有碑記井則莫能指名矣）次則爲乳餅爲墨爲紙扇蒲扇爲蠣爲皮屨蓑麥
薦鳳以之貨皆他所不得同者（鳳志）今則市井蕭索民習朴拙工
藝家能傳弓冶者蓋無一二觀矣若鳳陽繒鳳靈璧繪判技藝
之事末之又末已卑卑無足論然四方賓客所至輒爾購者歲
猶不下十百萬紙卜子曰小道可觀君子以鳳民瘠苦姑附識
于此以厲世之拙于謀生者云爾

田賦

鳳陽縣

額徵實在田地三千三百三十二頃四十七畝一分三釐四毫一絲二忽每畝折色帶閏並補顏料時價銀一分九釐八毫八絲八忽八微八纖四沙二塵七埃九渺六漠二逡五巡凡科銀六千六百二十七兩九錢一分四釐每畝科漕項銀一釐四絲四微五塵二埃一渺七漠一逡九巡凡科銀三百四十六兩七錢一分一釐每畝科攤帶人丁銀八釐九毫四絲九忽七微八纖三沙八塵九埃一渺七漠六逡二巡凡科銀二千九百八十二兩四錢九分每畝科匠班銀一毫五絲四忽二微一纖三沙

六塵二埃三渺九漠九逡八巡凡科銀五十一兩三錢九分每畝科本色米二合八勺六抄三撮九圭二粟二粒二顆七穎三黍一稷凡科米九百五十四石三斗九升五合九勺每畝科漕項米三合九勺二抄二圭一粟三粒七顆五穎八黍凡科米一千三百六石四斗又更名田地（卽前明勳田衛田閒佃計畝納賦改爲更名田）八百六十九頃四十九畝二分三毫四絲每畝科銀二分九毫二絲九忽二微八纖四沙八塵一渺三漠四逡五巡凡科銀一千八百十九兩七錢八分五釐又科攤帶人丁銀七百七十八兩一錢七分六釐又科匠班銀十三兩四錢九釐（攤帶人丁匠班兩項均與民賦同則）每畝科米六合七勺八抄四撮一圭四粟二粒一穎凡科米五

百八十九石八斗七升五合六勺已上民賦更名賦都計科銀一萬二千六百十九兩八錢七分五釐增加清河縣廢田麥折銀四兩五錢在臨淮鄉編征耗羨銀兩視正則什一凡征米二千八百五十石六斗七升一合五勺按賦征全書國初原額田地二千九百二十五頃九十四畝一分一釐康熙二十年清出溢額荒地五百六十八頃七十七畝四分八釐二毫續又清出溢額成熟田地六十三頃五畝九分八釐四毫節次增闢荒地三百四十五頃五十四畝八分三釐六毫乾隆四年減水沈田地一頃六十二畝二分一釐二十三年建鳳陽府城壓廢有賦田地四十五畝五分八釐七毫實在成熟田地三千三百三十二頃四十七畝一分三釐四毫一絲二忽征銀六千九百七十四兩六錢二分五釐更名田八百六十九頃四十九畝二分三毫二絲征銀一千八百十九兩七錢八分五釐先是常額當差人丁一萬三千八百九十四丁半征銀五千一百八十七兩三錢九分自順治十五年起至康熙五十年止歷次編審共缺人丁三千八百二十一丁半應缺銀一千四百二十六兩七錢二分四釐在更名賦應征銀兩撥補康熙五十二年奉恩詔續生人丁永不加賦又自雍正六年爲始凡應征當差人丁銀兩着攤入本鄉成熟田地一律征科統計民賦額科銀一萬二千二百二十六兩八錢一分四釐米二千二百六十石七斗九升五合九勺更名賦額科銀三百九十三兩六分一釐米五百八十九石八斗七升五合六勺外不在正賦科草場正腳銀十七兩一錢五分二釐科雜辦銀三兩係捕天鵞人戶辦納鳳陽府學田伍頃六十六畝八釐五毫每畝科銀一分八釐凡科銀一十兩一錢九分鳳陽縣學田一十二頃每畝科銀一分八釐凡科銀二十一兩六錢已上各款俱歸藩司後不復列歸併鳳陽左衛鳳陽前衛鳳陽後衛懷遠衛洪塘所實在成熟田地三百十頃四畝五分三釐三毫內鳳陽左衛田地二百五十三頃四十九畝一釐九毫鳳陽前衛肥田一頃五分二釐五毫瘠田四十三頃八十一畝四分一釐三毫鳳陽後衛田地八頃四十畝一分三釐九毫懷遠衛田地一頃七十一畝四分四釐洪塘所田地一頃六十一畝九分九釐鳳陽左衛每畝科

屯折充餉漕項等銀七分五釐二毫七忽四纖九沙四塵五埃二渺四漠凡科銀一千九百六兩四錢二分五釐鳳陽前衛肥田每畝科屯折充餉漕項等銀六分七釐八毫一絲六忽一微六纖七沙二塵八埃四渺四漠凡科銀六兩八錢一分七釐瘠田每畝科屯折充餉漕項等銀四分二釐四毫五絲一忽九微一纖七沙六塵九埃六渺凡科銀一百八十六兩鳳陽後衛每畝科屯折充餉漕項等銀八分三釐九毫八忽九微一纖六沙三塵二埃一渺一漠凡科銀七十兩四錢九分五釐懷遠衛每畝科屯折充餉漕項等銀八分六釐九毫一絲一微二纖八沙六塵五埃一渺三漠凡科銀十四兩九錢一釐洪塘所每畝科

屯折充餉漕項等銀八分四毫八絲九忽二沙三塵八埃八漠共科銀十三兩三分九釐各衛田地每畝攤征八丁銀二釐四毫七絲六微六沙四塵一埃六渺六漠凡科銀七十六兩六錢已上衛賦都計科銀二千二百七十四兩二錢七分七釐耗羨銀兩視正則什一外每畝一分科加津銀三百十兩四分伍釐不在丁田科軍三小料銀九兩八錢六分六釐按此款係鳳陽前衛懷遠新寨征銀兩不遇閏月年分照額足征遇閏月年分征銀八兩五錢四分八釐

起運項下

額解安徽藩司實征米一千四百八十五石三斗九升五合九勺

按前項係本色米四百二十五石一斗九升五合九勺（每石折銀八錢應折銀三百四十兩一錢五分七釐）撥派壽州亳州營米五百二十九石二斗（每石折銀八錢應折銀四百二十三兩三錢六分）更名賦撥派壽州亳州營米五百三十一石（每石折銀八錢應折銀四百二十四兩八錢）合符額數

額解江安粮道實徵米一千三百六十五石二斗七升五合六勺

按前款係鳳倉米一千二百二石二斗四升九合六勺（每石折銀九錢應折銀一千八十二兩二分五釐）灰石減存米一百四石一斗五升四勺（每石折銀一兩二錢應折銀一百二十四兩九錢八分）更名米五十八石八斗七升五合六勺（每石折銀九錢應折銀五十二兩九錢八分八釐）合符額數

額解安徽藩司實徵銀六千二百六十五兩九錢二分六釐

按前項係丁地折色銀五千八百二十一兩四錢二釐（奏冊作五千三百七十五兩八錢九分一釐）水脚銀三十七兩六分五釐　本色物料銀十四兩三錢九分八釐（內本色銀硃銀五兩一錢一分五釐增辦銀硃銀九錢七分八釐本色白麻銀七兩六錢八分本色鋪墊餘銀六錢二分五釐按本色物料款奏冊未列）更名賦銀三百九十三兩六分一釐

額解安徽藩司衛賦銀四百四十六兩一錢七分

按前款原編銀四百四十四兩二錢五分一釐續增陞科銀二兩一分八釐豁免建城壓廢田地銀九分九釐合符額數

額解江安糧道漕項銀三百四十一兩四錢一分三釐

按前款係本折蘆蓆銀二兩四錢八分二釐 船料旱腳銀二十四兩二錢 不敷行月銀一百八十九兩二錢 食鹽銀八十八兩九錢五分 帶徵清河縣廢田麥折銀三十六兩 蓆銀五錢八分一釐合符額數

額解江安糧道衛賦銀二千一百四十八兩一分八釐

按前款係屯糧米麥折銀一千九十六兩七錢四分四釐奏冊作米折銀五百四十八兩三錢七分二釐麥米銀五百四十八兩三錢七分二釐 麥米折銀七百三十一兩三錢六分三釐奏冊作米折銀四百七十一兩一錢六分二釐麥折銀二百六十一兩二錢一釐 加津銀三百十兩四分五釐軍三小料銀九兩八錢六分六釐合符額數

存留項下

存留支給驛站馬夫工料銀三千八百四十一兩一錢四分

按前款係原設王莊驛應支銀兩

存留支給各衙官役俸工實徵銀一千四百四十兩五錢七分八釐

按前款係鳳潁道門子四名銀二十四兩 本府快手二名銀十二兩 本府裕備倉斗級四名銀二十四兩現裁解藩司 同知俸銀三十七兩四錢四分四釐皂隸六名銀三十六兩門子二名銀十二兩步快四名銀二十四兩快手二名銀十二兩轎夫二名銀十二兩繖扇夫一名半銀九兩共銀一百四

十二兩四錢四分四釐　本府教授俸銀十三兩門錢八分　訓導俸銀四十兩共銀五十三兩門錢八分　司獄俸銀三十一兩五錢二分皁隸二名銀十二兩共銀四十三兩五錢二分（現司獄一員已歸裁汰應支銀兩悉解藩司）　知縣俸銀四十五兩修理倉監銀十兩門子二名銀十二兩皁隸十六名銀九十六兩禁卒八名銀四十八兩轎繖扇夫七名銀四十二兩庫子四名銀二十四兩馬快八名銀一百三十四兩四錢斗級四名銀二十四兩（現裁解藩司）民壯三十八名銀三百四兩共銀七百三十九兩四錢（除斗級銀二十四兩扣解司庫實征銀七百十五兩四錢）　縣丞俸銀四十兩門子一名銀六兩皁隸四名銀二十四兩馬夫一名銀六兩共銀七十六兩　主簿俸銀三十三兩一錢一分四釐門子一名銀六兩皁隸四名銀二十四兩馬夫一名銀六兩共銀六十九兩一錢一分四釐　典史俸銀三十一兩五錢二分門子一名銀六兩皁隸四名銀二十四兩馬夫一名銀六兩共銀六十七兩五錢二分　教諭俸銀四十兩　訓導俸銀四十兩門斗三名銀二十一兩六錢齋夫三名銀三十六兩共銀一百三十七兩六錢　廩生廩餼銀三十二兩　本府

總舖司兵三名銀十九兩五錢

外不在編征留支鳳潁道俸銀三十兩　新增役食銀六十一兩三錢一分七釐

存留祭祀雜支實征銀七百三十兩七錢一分八釐

按前款係府縣文廟祭品銀九十六兩四錢香燭銀四兩八錢各祠壇祭品銀三十七兩七錢　關帝祭品銀四十七兩八錢三分三釐　本折蘆蓆銀五兩二錢九分八釐　試院役夫銀七兩二錢　走遞皂隷十名銀六十兩　本縣舖司兵銀三百七十二兩現支二成銀七十四兩四錢餘銀解藩司額內孤貧二十六名銀六十六兩每名日支銀一分不敷銀兩在地丁項下發補武場供億銀三錢二分一釐　舉人會試盤纏銀八兩六錢六分六釐　歲貢枋儀銀二十兩五錢　時憲書銀四兩外不在編征留支文昌祭品四十五兩

凡地丁扛腳驛站俸工隨征加一耗羨銀兩內留支各官養廉銀七百八十兩餘均解司撥用

按前項係鳳陽府經歷養廉銀六十兩　知縣養廉銀六百兩　縣丞養廉銀六十兩　典史養廉銀六十兩

歸併臨淮鄉

實在成熟田地三千四百二十二頃四十五畝六分二釐七毫九絲三忽八微內田二千二百四十一頃二十二畝二分九釐地一千一百八十一頃二十三畝三分三釐七毫九絲三忽八微　每畝科折色帶閏並補征顏料時價銀三分八毫九忽四微五纖四沙二塵二渺六漠一逡凡科銀一萬零五百四十四兩四錢一釐每畝科漕項銀一釐五絲五忽五微八纖三

沙九塵七埃三渺九漠三逡凡科銀三百六十一兩二錢六分九釐每畝科攤征八丁銀九釐二毫一絲一忽三微一纖九沙四塵九埃四渺四漠凡科銀三千一百五十二兩五錢三分四釐每畝科攤帶匠班銀七絲三忽四微九纖四沙六塵四埃四渺八漠凡科銀二十五兩一錢五分三釐每畝科漕項米一升二合一勺二抄六撮五圭一粟六粒二顆八頴凡科米二千七百十七石一斗二升二合一勺又淸出溢額田地五十七畝七分七釐六毫每畝科省倉米（與漕項米同則）凡科米七斗五勺又更名田地八百六十三頃五十七畝二釐八毫每畝科銀三分二釐七毫七絲三忽四纖二沙九塵八埃一渺二漠凡科銀二千八百三十兩一錢八分三釐凡科攤帶八丁銀七百九十五兩四錢六分二釐科匠班銀六兩三錢四分七釐（攤帶人丁匠班兩項均與民賦同則）每畝科米一升二合一勺二抄三撮三圭九粟一粒凡科米五百二十石六斗六升六合四勺已上丁田更名田都計科銀一萬七千七百十五兩三錢四分九釐米三千二百三十八石四斗八升九合（按賦役全書國初原額田地三千四百十六頃五十六畝六分三釐八毫九絲續增陞科地五頃八十八畝九分八釐九毫更名田原額田地八百八十七頃九十五畝三分八釐二毫減除水沉田地二十四頃三十八畝三分五釐四毫共符田地額數實在民賦銀一萬九百五兩六錢七分更名賦銀二千八百三十兩一錢八分三釐先是常額當差人丁一萬三千九百四十九共征銀三千九百四十七兩九錢九分六釐康熙五十二年 恩詔續生人丁永不加賦又自雍正六年爲始凡應征當差人丁銀兩著攤入本鄉成熟田地一律征收統計民賦額征銀一萬四千八百八十五兩一錢六分六

釐米二千七百十七石八斗二升二合六勺更名賦額征銀二千八百三十兩一錢八分三釐五毫米五百二十石六斗六升六合四勺合併仍符前數

外不在正賦料草場租銀三十五兩三分本鄉學田四十八頃三十畝三分七釐五毫每畝科銀二分凡科銀九十六兩已上兩款征銀盡解藩司

歸併鳳陽左衛鳳陽前衛鳳陽後衛懷遠衛洪塘所實在成熟田地九十頃五十二畝九分七釐八毫一絲二忽內鳳陽左衛田地四十一頃六十六畝八釐六毫鳳陽前衛肥田二十畝八分八釐六毫六絲九忽瘠田九頃二十四畝八分三釐七毫二絲三忽三微鳳陽後衛田地三十一頃四畝一分三釐七毫四絲懷遠衛田地四頃七十九畝五分八釐二毫六絲六忽洪塘所田地三頃五十七畝四分七釐二毫四絲七忽鳳陽左衛田地畝征屯折充餉漕項等銀七分四釐九毫七絲三忽四微八纖六沙三塵凡科銀三百十二兩三錢四分六釐鳳陽前衛肥田畝征屯折充餉漕項等銀六分七釐八毫一絲六忽一微六纖七沙四塵凡科銀一兩四錢一分五釐瘠田畝征屯折充餉漕項等銀四分二釐四毫五絲一忽九微六纖七沙六塵凡科銀三十九兩二錢六分一釐鳳陽後衛田地畝征屯折充餉漕項等銀八分三釐八毫五絲五忽二微五纖二沙六塵凡科銀二百六十兩二錢九分八釐懷遠衛田地畝征屯折充餉漕項等銀八分六釐七毫五絲七忽五微九纖一塵凡科銀四十一兩六錢七釐洪塘所田地八分四毫八絲九忽五沙七塵八埃凡科銀二十八兩七錢七分三

釐各衛田地每畝攤征八丁銀二釐一毫七絲六忽七纖九沙四塵八埃凡科銀十九兩七錢以衛賦都計科銀七百三兩四錢耗羨銀兩隨正加一外每畝科加津銀一分凡銀九十兩五錢三分科軍三小料銀二兩七錢二分係鳳陽後衛科軍貺兩不遇閏月年分照額征解遇閏月年分加銀一兩九錢八分爲淮厰造船料價之用

起運項下

額解安徽藩司實征米七斗五勺

按前款係清出溢額田五十七畝七分七釐六毫所征本色南米之數

額運江安糧道實征米三千二百三十七石七斗八升八合五

勺

按前款係秋米二千四百九十一石七升八勺每石九錢折征銀二千二百四十一兩九錢六分四釐灰石減存米二百二十六石五升一合三勺每石一兩二錢折征銀二百七十一兩二錢六分二釐更名米五百二十石六斗六升六合四勺每石九錢折征銀四百六十八兩六錢合符前數

額解安徽藩司地丁實征銀八千二百八十九兩一分五釐

按前款係丁地折色五千三百八十九兩五錢八分二釐奏冊作八千五百九十六兩九錢五分八釐水脚銀五十五兩八錢九分七釐本色物料銀十三兩三錢五分三釐內本色銀硃銀七錢八分六釐增辦銀硃銀一兩八錢六分九釐白蔴銀十兩六錢二分本色鋪墊銀七分八釐本色物料款奏冊未列更名田地賦銀

二千八百三十兩一錢八分三釐

額解安徽藩司衛賦銀二百五兩七錢二分八釐

按前款係屯折充餉之用

額解江安糧道實征銀三百六十一兩二錢六分九釐

按前款係本折蘆蓆銀十八兩九分五釐　船料旱脚銀四十兩一錢三分八釐　不敷行月銀一百十八兩四錢三分七釐　食鹽銀八十六兩七錢三分二釐　帶征淸河縣廢田蓆銀五錢一分八釐　定倉麥折銀六十二兩八錢一分二釐　定倉米折銀三十四兩五錢三分七釐

額解江安糧道衛賦銀五百九十兩九錢二分二釐

按前款係夏秋麥米折銀二百十七兩四錢九分八釐奏冊作麥折銀七十七兩六錢七分九釐米折銀一百三十九兩八錢二分　麥米折七銀二百八十兩一錢七分四釐奏冊作麥折銀一百四十兩八分七釐米折銀一百四十有八分六釐　軍三小料銀二兩七錢二分加津銀九十兩五錢三分合符額數

存留項下

存留支給驛站夫馬工料銀七千九百四十七兩六錢九分五釐

按前款係紅心驛實支銀三千八百五十七兩一錢六分五釐濠梁驛實支銀四千九十兩五錢三分合符前數

存留支給各署官役俸工銀七百十二兩七分九釐

按前款係鳳潁道聽事吏二名銀十二兩鋪兵二名銀十二兩共銀二十四兩　本府皂隸二名銀十二兩　同知皂隸一名銀六兩　通判步快手七名銀四十二兩轎夫四名銀二十四兩門子二名銀十二兩皂隸十二名銀七十二兩傘扇夫一名銀六兩共征銀一百五十六兩　本鄉廩生廩糧銀三十二兩　巡檢俸銀二十八兩七分九釐門子一名銀六兩皂隸二名銀十二兩弓兵十二名銀七十二兩馬夫一名銀六兩民壯十八名工食併器械銀一百四十四兩共征銀二百六十八兩七分九釐奏冊在鳳陽列支　撥協池河巡檢民壯三名銀十八兩奏冊在鳳陽列支　本府府倉斗級四名銀二十四兩乾隆五十二年裁歸藩司　總鋪司兵十五名銀一百八兩門軍八名工食併器械銀六十四兩奏冊在鳳陽列支　共征銀一百九十六兩

外不在編征留支本道役食工食銀六十一兩三錢一分六釐

存留祭祀雜支實征銀四百五兩二錢九分一釐

按前款係文廟香燭銀二兩四錢　文廟及各壇祭品銀五十一兩二錢　河神祭品銀一兩五錢　本鄉鋪兵工食銀二百六十三兩一錢現支二成銀五十四兩九錢餘銀扣解司庫　孤貧花布口糧銀六十二兩　武場協濟銀八錢五分八釐　舉人會試盤纏銀五兩九錢四分八釐　歲貢盤纏銀十八兩二錢八分

五釐
凡地丁扛脚驛站俸工隨正加一耗羡銀兩內留支各官養廉
銀五百二十兩餘均解司撥用
按前項係知縣養廉銀四百兩　主簿養廉銀六十兩　巡
檢養廉銀六十兩
懷遠縣
實在成熟田地五千一百二十頃四十一畝七分六釐每畝科
折色并時價閏月等銀四分三釐二毫二絲九忽六微五纖九
沙四塵五埃八渺九漠九巡凡科銀二萬二千一百三十五兩
三錢九分一釐每畝科漕項銀二釐四毫一絲七忽四微二纖

七沙七渺二漠凡科銀一千二百三十七兩八錢二分三釐每
畝征漕糧贈貼銀四毫三忽八微五纖七沙六塵八埃三渺七
漠凡科銀二百六兩七錢九分二釐每畝科攤科人丁銀一分
一釐八毫六絲八忽九微三纖八沙一塵四埃三渺凡科銀六
千七十七兩三錢九分一釐七毫每畝科匠班銀八絲八忽七
微六纖二沙二塵九埃一渺二漠凡科銀四十五兩四錢五分
每畝科起運米一升三勺三抄三撮三圭五粟凡科米五千二
百九十一石一斗六合七勺每畝科徵漕贈米四勺三撮八圭
九粟凡科米二百六石八斗三合二勺每畝科運軍月粮米二
合八勺三撮二圭八粟凡科米一千四百三十五石三斗九升

六合四勺每畝科定倉麥六勺二抄二撮五圭二粟一粒凡科
麥三百十八石七斗五升七合二勺又更名田四十頃三十一
畝九分一釐凡科米五十四石五斗九升四合三勺已上丁田
更名田都計科銀二萬九千九百三十六兩七錢四分耗羨銀
兩隨正加一凡科米六千九百八十七石九斗一升六勺凡科
麥三百十八石七斗五升七合八勺原額小畝田地二萬七百十八頃四十五畝三分五
釐內上則地三百三十八頃八十二畝每二畝折大地一畝中
則地三千二百六十一頃九十二畝一分每三畝折大地一畝
下則地一萬四千六百六十七頃四十一畝六分每四畝折大
地一畝荒則地二千五百八十五頃三十一畝一分五釐每六
畝五分一釐七毫六絲折大地一畝凡折實大地五千二百七
十五頃二十三畝六分四釐更名地四十七頃三十畝五分四
釐折實大地四十頃三十一畝九分一釐乾隆四十六年綜核
除荒蕪不計外增加節次陞科凡民地五千一百二十頃四十

一畝七分六釐二毫科銀二萬三千五百八十兩四釐九毫先
是常額當差人丁一萬三千七百十九其科銀六千七十七兩
三錢九分一釐七毫康熙五十二年恩詔續生人丁永不加
賦又自雍正六年爲始凡應科當差人丁銀兩着攤入本縣成
熟田地一律科收都計民賦額科銀二萬九千七百二兩八錢
四分五釐米六千九百三十三石三斗二升六合麥三百十八
石七斗五升七合更名田地無攤帶人丁等項銀兩額科銀二
百三十三兩八錢九分五釐米五十七石一斗四合三勺合符
前數外不在丁田征抵馬畝銀一百九兩五分三釐內供應銀七十兩四錢五
分三釐雜辦銀三十兩五錢本縣學田二十五頃五畝七分按北係小畝每畝科
銀八釐凡科銀二十兩四分六釐已上二款俱征解安徽藩司後不復列支歸併
鳳陽前衛鳳陽後衛懷遠衛實在成熟田地四百五頃四十五
畝三分內鳳陽前衛肥田九頃十一畝二分一釐瘠田一百六十頃七十八畝一分二釐鳳陽後衛田地五十八頃二
十六畝二釐懷遠衛一百五十二頃四畝九分五釐續墾地二十五頃二十五畝鳳陽前衛肥田每畝

科銀六分七釐八毫一絲六忽一微六纖七沙一塵八埃九渺七漠凡科銀六十一兩七錢九分四釐一毫瘠田每畝科銀四分二釐五毫六絲六忽一微五纖四沙三塵一埃六渺九漠凡科銀八分三釐九毫六絲二忽七微五纖六沙八塵八埃一渺六漠凡科銀四百八十九兩一錢六分八釐七毫懷遠衛每畝科銀八分六釐七毫一絲二忽四微一纖六沙九塵二埃九渺五漠凡科銀一千三百十八兩四錢五分八釐續墾地每畝科銀六分五毫三忽八微凡科銀一百五十二兩七錢七分一釐三毫又各衛田地每畝攤科人丁銀三釐二毫九絲二忽六微一纖二沙九塵五埃二漠凡科銀一百三十三兩五錢已上都

計科銀二千八百四十兩七分八釐外科軍三小科銀五十三兩二錢四毫原額鳳陽前衛銀十六兩六錢四分四毫鳳陽後衛銀四兩八分懷遠衛銀四十兩三錢二分除逃絕丁科銀七兩四分合符前數不遇閏月年分照續科收遇閏月年分科銀四十九兩二錢九釐二毫又每畝一分科加津銀四百五兩四錢五分三釐

起運項下

額解安徽藩司實科米二千二百五石

按前款原編撥協宿州兵米二千二百三十三石八斗內宿州營兵糧米一千九百六十三石八斗宿州營抽撥河營兵糧米二百七十石自嘉慶十二年裁減兵米二十七石又道光十二年裁減兵米一石八斗實存前數

額解江安粮道實科米四千七百八十二石九斗一升六勺實

科麥三百一十八石七斗五升七合八勺

按前款係正兌米一千五百四十二石八斗七升八合七勺舊志作一千四百三十四石五斗八升一合一勺加三耗米四百六十二石八斗六升三合五勺舊志作四百三十石三斗七升四合三勺改兌米一千五十八石三斗五升一合九勺舊志作一千二十一石一斗三合二勺加二五耗米二百六十四石五斗八升八合舊志作二百五十五石二斗七升五合八勺漕糧贈貼米一百三十一石八斗四升九合二勺舊志作一百二十二石七斗八升四合二勺運軍月粮米一千二百六十七石七斗八升五合舊志作一千二百六十九石五斗七升二合六勺更名賦鳳倉米五十一石四斗一升六合每石折銀九錢共征銀四十六兩二錢七分四釐灰石減存米三石一斗七升八合三勺每石折銀一兩二錢共三十三兩八錢一分四釐又鳳倉麥二石五斗一升每石折銀五錢共折銀一兩二錢五分五釐定倉麥三百十八石七斗五升七合八勺每石折征銀五錢共折銀一百五十九兩三錢七分八釐都計符額數

額解安徽藩司丁地起運實科銀二萬六千六百七十三兩四分一釐

按前款係民賦起運銀二萬六千二百七十兩五錢六分七釐奏冊作二萬六千三百六十兩二分八釐損腳銀一百二十兩八錢八分五釐白麻物料銀四十七兩六錢八分四釐更名賦銀二百三十三兩八錢九分五釐都計符前數

額解江安粮道漕運實科銀一千四百四十七兩三錢六分一

釐內有捐補銀二兩七錢四分九釐

按前款係輕賚旱脚銀七十五兩三錢九分攤帶清河縣廢田麥折銀十兩七錢二分九釐又麥折銀十三兩四錢五釐此係帶征麥二十六石八斗一升六勺每石五錢折征之數又蓆折銀五錢六分六釐三分本色蓆折銀一兩三分四釐　二分五釐蓆折銀一兩六錢五分四釐　一分七釐蓆折銀三兩五錢一分六釐淮庫餘席銀十四兩五錢七分六釐　漕賵銀二百六兩八錢一分二釐　裁汰書役工食銀一百六十九兩六錢五分六釐　戶口食鹽銀二百二十八兩九錢一釐月糧銀七百二十一兩一錢二分二釐都計符前數

額解安徽藩司衛賦銀一千一百四十兩八錢三分九釐

按前款係餉銀七百七十六兩四錢九釐三則八丁銀一百二十兩六分裁鳳中衛四幫千總俸工銀三十五兩二錢六分五釐裁鳳右衛千總百總俸工銀二百九兩一錢四釐都計符前數

額解江安粮道衛賦銀二千一百五十七兩八錢九分三釐

按前款係麥折銀七百一十四兩七錢九分二釐米折銀九百七十六兩六錢八釐軍三小料銀六十一兩四分閏月照加減津銀四百五兩四錢五分三釐九二折解都計符額數

存留項下

存留支給各署官役俸工銀一千一百七十七兩六錢七分六釐

按前款係本府皂役銀十二兩馬快工食銀三十三兩六錢傘扇支工食銀十八兩斗級工食銀十八兩見解藩司共科銀八十一兩六錢　本府儒學各役工食銀二十一兩六錢　本府經歷各役工食銀二十四兩裁協宿州同壯役銀八兩又協民壯工食銀十二兩知縣俸銀四十三兩八錢八分八釐門子二名銀十二兩皂隸十六名銀九十六兩民壯二十二名工食並器具銀一百七十六兩見留二十名支銀一百六十兩餘銀解藩司馬快八名工食草料銀一百三十四兩四錢捕役八名

工食銀五十六兩轎傘扇夫七名工食銀四十二兩庫子二名工食銀十二兩斗級六名銀三十六兩見解藩司禁卒八名工食銀四十八兩修理監倉銀九兩七錢五分二釐見中支餘解藩司共科銀六百六十六兩四分　主簿俸銀三十二兩二錢九分五釐外赴司餘補荒缺銀八錢一分九釐門子一名工食銀六兩皂隸四名工銀二十四兩馬夫一名工食銀六兩共科銀六十八兩二錢九分五釐　典史俸銀三十一兩七錢四分一釐外赴司補荒缺銀一錢七分一釐門子一名工食銀六兩皂隸四名工食銀二十四兩馬夫一名工食銀六兩共科銀六十七兩七錢四分一釐

本縣訓導俸銀四十兩齋夫三名工食銀三十六兩門斗

二名工食銀十四兩四錢共科銀一百三十兩四錢　廩生二十名廩餼銀八十兩遇有空缺扣數解司

存留祭祀雜支實科銀六百四十一兩四錢二分一釐

按前款　文廟祭品銀四十九兩六錢香燭銀二兩四錢武廟祭品銀四十七兩八錢三分三釐　各祠壇祭品銀三十九兩六錢　孤貧二十九名銀一百四兩四錢每名每日給銀一分小建照扣閏月照加鋪司兵工食銀三百十八兩六錢上洪渡夫工食銀四兩　本府舉人會試盤纏并坊儀銀十九兩五錢六釐　本府舉人賓興銀二十四兩三錢八分二釐　歲貢盤纏并坊儀銀十九兩九錢九分三釐　時憲書銀二兩九錢二分六釐　鄉飲酒禮銀七兩八錢二釐　武場供億銀三錢七分九釐

外不在編征額支文昌祭品銀四十五兩

凡地丁扛脚俸工祭祀勳田隨正加一耗羡銀兩內留支各官養廉銀九百二十兩餘均解司撥用

按前款係　知縣養廉銀八百兩　主簿養廉銀六十兩典史養廉銀六十兩

定遠縣

額徵實在成熟田地一萬四千一百十四頃七十四畝五分二釐四毫九絲九忽每畝科起存等銀一分六釐八毫三忽五微

九纖七沙四塵七埃九渺三漠六逡凡科銀二萬三千七百十七兩八錢四分九釐七毫每畝科漕項銀四毫九絲二忽三微四纖四沙九塵七埃六渺四漠七逡四巡凡科銀六百九十四兩九錢三分二釐三毫每畝科漕糧贈貼銀一毫四絲七忽二微二纖五沙四塵六埃九渺七漠六逡二巡凡科銀二百七兩八錢五釐每畝科攤帶人丁三釐一毫五忽四微二纖三沙三塵五渺六漠六逡三巡凡科銀四千三百八十三兩二錢四分每畝科匠班銀二絲二忽九微五纖四沙七塵一埃八渺二漠凡科銀三十二兩四錢每畝科本色米三勺一抄八撮二圭三粟四粒二顆五穎四黍九稷凡科米四百四十九石一斗八升每畝科漕項米三合九勺七抄七撮一圭四粟九粒六顆八穎五稷凡科米五千六百十三石六斗四升五合每畝科漕糧贈貼米一勺四抄七撮二圭二粟五粒四顆六穎凡科米二百七石八斗五合每畝科本色麥八勺一抄八撮三圭二粒凡科麥一千一百五十五石一升三合三勺更名地二百五十二頃一十七畝七分九釐七毫每畝科銀二分五毫七絲一忽五微五纖五沙九塵四埃九渺四漠八逡三巡凡科銀五百十八兩七錢六分九釐每畝科漕贈米四合四勺四抄二撮六圭九粒四顆五黍凡科米一百十二石三升二合八勺每畝科本色麥八勺一抄八撮三圭二粒六顆二穎九黍凡科麥二十石六斗三

升五合八勺已上民賦更名賦都計科銀二萬九千五百五十四兩九錢九分六釐耗羨銀兩隨正加一都計科米六千三百八十二石六斗六升三合八勺征麥一千一百七十五石六斗四升九合一勺按賦役全書原編地一萬四千一百十四頃七十四畝五分二釐四毫應征銀二萬四千六百二十兩五錢八分十釐先是常額當差人丁三萬六千五百二十七應征銀四千三百八十三兩二錢四分康熙五十二年恩詔續生人丁永不加賦又自雍正六年爲始凡應征當差人丁銀兩着攤入本縣成熟田地一律科征統計民賦凡征銀二萬九千三十六兩二錢二分七釐一毫凡征米六千二百七十石六斗三升凡征麥一千一百五十五石一升三合二勺更名田原編一百四十三頃二畝八分六毫續清出溢額地一百九頃十四畝九分九釐凡更名田地二百五十二頃一十七畝七分九釐七毫原征銀五百十八兩七錢六分九釐乾隆三十五年議准依民賦科則一律徵收加征銀一百二兩三錢八分九釐原征米一百八石三斗二升一勺加征米三石七斗一升二合七勺原征麥二十石六斗三升五合八勺加征麥十一石四

斗九合四勺都計更名賦凡征銀五百十八兩七錢六分九釐凡征米一百十二石三升二合八勺凡征麥二十石六斗五升五合八勺合符前數

歸併上元後衛江淮右衛實在成熟田地一千二百九十七頃七十畝三釐三毫一絲五忽內上元後衛成熟比田二十二頃五十三畝五分九釐一毫四絲四忽科田二百六十六頃九畝一分一釐二毫四忽不納增錢成熟科田一頃三十九畝四分九釐成熟并溢額增田三百四頃十二畝七分二釐一毫六絲三忽成熟餘田五十頃十七畝三分五釐七毫九絲二忽四分科則草場田五十一畝二分二分科則草場田三十二畝二分九釐二毫六絲二釐科則眧草地三頃十一畝一分八釐五毫七絲　江淮右衛比田一百七十八頃七十九畝五分七釐二絲三忽成熟科田一百九十二頃四十三畝二分八釐七絲八忽成熟增田二百二十五頃五十八畝七分三毫六絲七忽成熟餘田五十二頃一畝四分二釐一絲比田每畝科新增協濟銀九釐一毫四絲七忽七纖三塵八埃六渺二逡六巡凡科銀一百

八十四兩一錢六分三釐科田每畝科新增協濟銀六釐七毫二絲二忽八微五沙八塵三埃七渺五漠八逡六巡凡科銀三百兩三錢四分二釐不征豆科田每畝科銀六釐七毫四絲九忽六微凡科銀五兩六錢六分九釐不納增銀田每畝科銀一毫六絲二忽凡科銀二分三釐增餘田每畝科銀一釐七毫四絲九忽六微凡科銀一百十兩六錢六分二釐四分科則草場田每畝科銀四分凡科銀二兩五分二釐二分科則草場田每畝科銀二分凡科銀六錢三分八釐二釐科則腳草地每畝科銀二釐凡科銀六錢二分三釐開墾科田每畝科米折并新增銀三分六毫四絲凡科銀十兩一錢一分一釐各田每畝攤征

屯丁銀六釐六毫六絲九忽七微九纖八沙五塵五埃七渺九漠凡科銀八百六十五兩五錢二分七釐比田每畝科米四升二合一抄一撮三圭六粟四粒七顆八頴凡科米八百四十五石八斗二升一合六勺科田每畝科米三升六合五勺二抄二撮七圭一粟八頴五黍七稷凡科米一千六百三十一石六斗五升五合六勺不征豆科田每畝科米五升八合三勺二抄凡科米五十九石四斗一升四合三勺不納增銀田每畝科米五合四勺凡科米七斗五升三合三勺增餘田每畝科米五升八合三勺二抄凡科米三千六百八十八石七斗五升二合四勺比田每畝科豆六升二合八勺三抄八撮二圭四粟九粒七顆

八頃一黍八稷凡科豆一千二百六十五石一斗三升二合六
勺科田每畝科豆二升八合九勺四抄七撮七圭六粟五粒七
顆一黍凡科豆一千二百九十三石二斗四升四合二勺已上
都計科銀一千四百七十九兩八錢七分七釐耗羨銀兩隨正
加一都計科米六千二百二十六石三斗九升七合二勺科豆
二千五百五十八石三斗七升六合八勺外不在丁田科集租
銀六十四兩二錢八分制錢十千文（奏冊作銀十兩）折火藥銀五兩七
錢九分楞木銀四十三兩三錢七分七釐五毫拋荒屯折銀三
百九十六兩一錢九分四毫（內江淮右衛銀二百兩八錢四分六釐八毫原係正糧因荒改折屯銀糧額未除實係重加無從科征上元後衛銀一百九十五兩三錢四分三釐六毫）

歸併鳳陽左衛鳳陽前衛鳳陽後衛懷遠衛成熟田地七百七
十四頃三十八畝六分二釐（內鳳陽左衛田地五百六十頃三十八畝五分二釐鳳陽前衛肥田三十五畝五分六釐九毫瘠田十頃八十三畝七分七毫鳳陽後衛田地九十三頃七十四畝六分四釐九毫懷遠衛田地九十三頃七十六畝一分八釐一毫招撫開墾地十五頃三十畝）鳳陽左衛每畝科銀七分五釐
四毫五絲七忽五微一纖三沙七塵五埃六渺凡科銀四千二
百二十八兩五錢二分七釐鳳陽前衛肥田每畝科銀六分七
釐八毫一絲六忽一微六纖七沙一塵七埃凡科銀二兩四錢
一分二釐瘠田每畝科銀四分二釐四毫三忽一微八纖六沙
九塵六埃凡科銀四十五兩五錢八分九釐鳳陽後衛每畝科
銀八分四釐八毫三絲七忽四纖一塵五埃三渺一漠凡科銀

七百九十五兩三錢一分七釐懷遠衛每畝科銀八分七釐一絲五忽九微六纖七沙五塵九埃二渺五漠凡科銀八百十五兩八錢七分八釐開墾田每畝科銀六分五毫三忽五微一纖三沙六塵五埃凡科銀九十二兩五錢七分六釐又各衛田地每畝科攤征人丁銀二釐六毫五絲八忽八微七纖九沙七塵四埃九渺凡科銀二百五兩九錢已上都計科銀六千一百八十六兩五錢五分七釐外科軍三小料銀九兩六錢五分二釐

起運項下

額解安徽藩司實征米七百四石九斗七升六合三勺麥十五石三斗八升二合九勺

按前款係民賦南屯米四百四十九石一斗七升九合五勺每石八錢折銀三百五十九兩三錢四分四釐漕糧改兵米二百五石二斗每石一兩三錢折銀二百六十六兩七錢六分更名賦南屯米四十六石八斗八升四合一勺每石八錢折征銀三十七兩五錢七釐又加陞南屯米三石七斗一升二合七勺每石八錢折銀二兩九錢七分更名賦南屯麥十五石三斗八升二合九勺每石五錢折征銀七兩六錢九分一釐合符前數

額解江安糧道實征米五千六百七十七石六斗八升六合五勺麥一千一百六十石二斗六升六合二勺

按前款係正兌正米二千二百二十七石九斗五升八合二勺全書作二千三百十四石加三耗米六百六十八石三斗八升七合五

勺全書作六百九十四石二斗改兑正米一千七百七十三石六斗四合九勺全書作一千八百四十二石一斗加二五耗米四百四十三石四斗一合二勺全書作四百六十石五斗二升五合贈五米二百石七升八合二勺全書作二百七石八斗五合定倉米二百七十九石七斗一升九合三勺每石九錢折征銀二百五十一兩七錢四分七釐灰石減存米二十三石一斗一合二勺每石一兩二錢折征銀二十七兩七錢二分一釐更名賦米五十六石七斗四升九合七勺每石九錢折征銀五十一兩七分五釐更名賦灰石減存米四石六斗八升六合三勺每石一兩二錢折征銀五兩六錢二分四釐定倉麥五百十六石四斗一升四合八勺每石五錢折征銀二百五十八兩二錢八釐運軍月糧六百三十八石五斗九升八合五勺更名賦麥五石二斗五升二合九勺每石折銀五錢應征銀二兩六錢二分六釐合符前數

額解江安糧道衛賦米六千二百二十六石三斗九升七合二勺豆二千五百五十八石三斗七升六合八勺

按前款係上元役衛江淮右衛應征之數米每石折征銀八錢共銀四千九百八十一兩一錢一分八釐豆每石折銀七錢共折銀一千七百九十兩八錢六分四釐

額解安徽藩司丁地實征銀一萬六千九百三十八兩九錢七分

按前款係丁地折色鋪墊銀一萬六千一百八十三兩三錢五分七釐本色物料銀三十四兩一錢九釐內本色銀硃銀七兩八錢二分

八釐黃熟銅銀四兩一錢八分一釐紅熟銅銀二兩三錢三分五釐本色白蓆銀十八兩六錢九分本色鋪墊銀一兩七分五釐 更名田賦銀五百十八兩七錢六分九釐損腳銀一百

二兩七錢三分五釐

額解安徽藩司衛賦實征銀一千六百四十五兩二錢六分四

釐

按前款係省衛充餉銀一百九十兩九錢六分一釐 外衛充

餉銀一千四百五十四兩三錢三釐

額解江安糧道實征銀九百二兩七錢三分八釐

按前款係漕糧贈貼銀二百七兩八錢五釐 本折蘆蓆銀

二十兩七錢八分一釐 輕賫旱脚銀七十二兩四錢 不

敷行月銀一百八十九兩二錢 壽州倉麥折銀二百五十

五兩四錢四分 食鹽銀一百二十六兩五錢三分二釐

清河廢田麥折銀三十兩 清河縣廢田蓆銀五錢八分

額解江安糧道衛賦銀六千二十一兩一錢七分

按前款係省衛漕項銀一千二百八十八兩九錢一分六釐

外衛鳳倉米折銀二千六百九十八兩八錢八分六釐鳳倉

麥折銀二千三十三兩三錢六分八釐都計符前數

存留項下

存留支給驛站夫馬工料銀九千七百二十一兩八錢九分

按前項係定遠驛銀三千三百四十二兩三錢六分池河驛

銀二千七百八十七兩七錢八分張橋驛銀三千五百九十一兩七錢五分

存留支給各署官役俸工食銀一千三百七十三兩七錢五分四釐

撥前款係本府馬快手工食并草料銀一百兩八錢步快手銀四十二兩禁卒九名銀五十四兩共征銀一百九十六兩八錢　同知步快手一名銀六兩皂隸一名銀六兩傘夫一名半銀九兩轎夫一名銀六兩共銀二十七兩　通判步快手一名銀六兩傘夫一名銀六兩共銀十二兩　知縣俸銀四十五兩門子二名共銀十二兩皂隸十六名銀九十六兩禁卒八名銀四十八兩轎繖傘夫七名銀四十二兩庫子四名銀二十四兩斗級四名銀二十四兩見裁解藩司馬快手八名并草料工食銀一百三十四兩四錢民壯三十四名銀二百七十二兩內裁改養餘丁銀一十二兩扣解藩司共征銀七百七十兩四錢　主簿俸銀三十三兩一錢一分四釐門子一名銀六兩皂隸四名銀二十四兩馬夫一名銀六兩民壯五名工食并器械銀四十兩共征銀一百九兩一錢一分四釐　典史俸銀三十一兩五錢二分門子一名銀六兩皂隸四名銀二十四兩馬夫一名銀六兩共征銀六十七兩五錢二分　教諭俸銀四十兩　訓導俸銀四十兩齋夫六名銀三十六兩門斗二名

銀十四兩四錢共征銀一百三十兩四錢廩生二十名廩膳銀八十兩　池河巡檢俸銀三十一兩五錢二分皂隸二名銀十二兩共銀四十三兩五錢二分

存留祭祀及雜支實征銀六百一十七兩六錢四分四釐

按前欵係　文廟香燭銀二兩四錢　關帝祭品銀四十七兩八錢三分三釐　丁壇祭品銀八十四兩七錢　鄉飲酒禮銀八兩　額募皂隸吹手銀五十七兩六錢　各鋪司兵四十九名銀二百七十九兩　池河巡檢弓兵十二名銀三十六兩　孤貧花布銀八兩　孤貧米折銀二十一兩七錢五分麥折銀二十九兩八錢九分八釐　武場供億銀一兩

二錢六分三釐　本縣會試舉人盤纏銀六兩六錢六分七釐　歲貢枋儀銀二十六兩五錢三分四釐　本府時憲書銀五兩　本縣時憲書銀三兩

凡丁地驛站俸工食祭祀等項隨正加一耗羨銀兩留支各官養廉銀餘均解司撥用

壽州

實在成熟田地一萬九千二百五十八頃六十七畝七分一釐九毫內折實上田一萬四千　百九十三頃八十二畝一分六釐五毫折實上地四千七百六十四頃八十五畝五分五釐四毫

每田地一畝科起存折色并帶征閏月時價銀一分五釐一毫八絲七忽二微九纖五沙七塵四埃八渺四漠四逡一巡

凡科銀二萬九千二百四十八兩七錢二分三釐每田地一畝科征漕項銀二毫五絲六忽八微二纖三塵四埃四渺九漠一逡八巡凡科銀四百九十四兩六錢二釐每田地一畝科攤帶人丁銀二釐八毫五絲九忽七纖四沙八塵七埃三漠七逡三巡凡科銀五千五百六兩二錢每田地一畝科匠班銀二絲一忽五纖七埃八渺六逡八巡凡科銀四十兩五錢五分七釐七毫每田地一畝科淸河縣廢田麥折銀一忽六微五纖六沙八塵六埃三渺凡科銀三兩一錢九分九毫每田一畝科漕糧贈貼并陞科銀八絲三忽八微一纖九沙三塵四埃三渺凡科銀一百二十一兩四錢八分六釐二毫每地一畝科鳳倉麥折銀一毫九絲八忽九微二纖凡科銀九十四兩七錢八分六釐二毫又每田一畝科漕項米二合一勺六抄三撮八圭一粒一顆六黍三稷凡科米三千一百三十六石一斗七升四合六勺每田一畝科漕糧贈貼米八抄三撮七圭七粟七顆凡科米一百二十一石四斗一升五合七勺每地一畝征本色麥四勺一抄三撮七圭四粟六粒五顆凡科麥二百一石九斗九合一勺更名田五十五畝八分每畝征銀一分四釐四毫八忽六纖九沙三塵八埃五渺凡科銀一兩二分七釐每畝征米二合二勺四抄七撮五圭七粟凡征米一斗二升五合四勺已上民賦更名賦都計凡科銀三萬五千五百十兩五錢七分三釐凡科米三

千二百五十七石七斗一升五合九勺麥二百一石九斗九合
一勺
歸併壽州衛鳳陽左衛鳳陽前衛鳳陽後衛懷遠衛實在成熟
田地一千九百四十二頃五十八畝七分七釐四毫八絲四微
內壽州衛田地一千三百十九頃三十八畝八分新陞田地三十七頃四十五畝樣田六頃六十畝班軍田地四百六頃二十畝新陞班軍田地五十九畝四分一釐鳳陽左衛田地一百四十八頃八十三畝二分一毫鳳陽前衛肥田二頃十二畝二分三釐四毫二忽四微鳳陽後衛田地二十頃八十五畝五分八釐七毫懷遠衛田地五十四畝五分四釐二毫七絲八忽
壽州衛田地每畝征銀三分五釐八毫三絲二忽一微一纖九
沙六塵共征銀四千七百二十七兩六錢六分新陞田地每畝
征銀三分一釐二毫六絲四忽八微七沙七塵共征銀一百十

七兩八分七釐樣田每畝征銀七分三毫九絲九忽六微二纖
七沙四塵共征銀四十六兩四錢六分四釐班軍田地每畝征
銀二分二釐五忽二微五纖三沙二塵共征銀八百九十三兩
八錢五分三釐新陞班軍田地每畝征銀一分九釐二毫六絲
四忽八微七沙七渺共征銀一兩一錢四分四釐鳳陽左衛田
地每畝征銀七分七釐七忽四纖八沙四塵共征一千一百四
十六兩一錢一分一釐鳳陽前衛肥田每畝征銀六分九釐八
絲九微七纖四沙八塵共征銀十四兩六錢六分一釐鳳陽後
衛田地每畝征銀八分五釐一毫六絲三纖八沙五塵共征銀
一百七十七兩六錢九釐懷遠衛田地每畝征銀八分八釐二

絲二忽三微九纖七沙二塵共征銀四兩八錢一釐已上凡征銀七千一百二十九兩三錢九分耗羨銀兩隨正加一外每畝一分征津貼銀一千七百八十七兩一錢八分一釐外征軍三小料銀二兩七錢四分七釐長淮衛三四兩幫田地坐落壽州境三幫田地一千一百六十三頃七十六畝三分每畝科銀六釐八毫共征銀七百九十一兩三錢五分九釐四幫田地二千三十六頃二十六畝六分每畝科銀七釐二毫共征銀一千四百八十六兩四錢七分五釐

起運項下

額解安徽藩司實征米一千三百十一石四升四合麥二百一石九斗九合一勺

按前款係民賦南屯兵米一千三百十一石三升九合二勺更名賦米四合八勺壽春營兵月糧麥二百一石九斗九合一勺

額解江安糧道實征米一千九百四十二石九斗二升六合七勺

按前款係正兌正米一千一百三十一石九斗七升六合八勺加三耗米三百三十九石五斗九升三合改兌正米三百十八石九斗五升一合九勺加二五耗米七十九石七斗三升八合漕贈米七十二石五斗四升六合四勺更名米一斗

二升六勺

額解安徽藩司丁地實征銀二萬二千四百三十二兩一錢六分四釐

按前款係丁地折色正額銀三萬二千二百十七兩八錢六分四釐損腳銀一百四十八兩九錢八分五釐本色物料銀六十四兩二錢八分八釐內本色銀硃價銀三十六兩八錢三分七釐本色黃熟銅銀四錢六分六釐本色鋪墊銀四兩一錢二分四釐本色白麻銀二十二兩八錢六分一釐更名賦一兩二分七釐

額解安徽藩司衛賦銀四千七百十九兩五分七釐

按前款若遇閏月在箪三小料銀內　銀四兩七錢三分七

釐仍歸三則丁銀彙解

額解江安糧道銀七百十四兩六分五釐

按前款係漕糧贈貼銀一百二十一兩四錢八分六釐

本折蘆蓆銀二十兩四錢一分七釐　兩二錢二分二釐　裁汰書役工食銀一百三十二兩四錢五分　食鹽銀二百七十兩四錢二分七釐　船料經費銀四十六兩四錢二分七釐　蓆折銀三錢九分八釐　帶征清河縣六釐　淮倉麥折銀二十七兩八錢七分九釐　鳳倉麥折銀九十四兩七錢八分六釐

額解江安糧道衛賦實征銀六千三百七十三兩三錢六分三釐

按前款係不敷行月銀三十九兩八錢八分八釐　淮安廠軍三小料銀一百四十九兩七錢三分五釐　運丁月糧銀八百七兩七錢四分　夏秋屯糧折七銀八百八十兩八錢七分八釐　夏秋本三麥米折七銀四百三十六兩七錢一分三釐九一五折津貼銀一千七百七十七兩四錢六分八釐　書辦紙張一六津貼銀三兩一錢七釐　長淮衛三四兩幫加津銀二千二百七十七兩八錢三分四釐

存留項下

存留各署官役俸工銀一千三百八十九兩五錢

按前款係鳳陽府知府俸銀七十二兩六釐皂隸三名銀十

八兩傘扇夫四名銀二十四兩斗級二名銀十二兩見裁解藩司共銀一百二十六兩六釐　本府同知俸銀二十九兩一錢八分四釐　本府通判俸銀四十一兩一錢五分二釐　本府經歷俸銀十五兩二錢九分七釐皂隸一名銀六兩共銀二十一兩二錢九分七釐本州知州俸銀七十七兩九分七釐修理監倉銀六兩八錢二分五釐門子二名銀十二兩皂隸十六名銀九十六兩馬快八名銀一百三十四兩四錢禁卒八名銀四十八兩轎繖扇夫七名銀四十二兩庫子四名銀二十四兩常平倉斗級四名銀二十四兩見裁解藩司民壯四十二名工食器具銀三百三十六兩共征銀八百兩三錢二

分二釐　州同俸銀五十八兩九分九釐門子一名銀六兩
皂隸六名銀三十六兩龍馬傘夫二名銀十二兩共征銀一
百十二兩九分九釐　吏目俸銀三十兩五錢二分門子一
名銀六兩皂隸四名銀二十四兩龍馬夫一名銀六兩共銀
六十六兩五錢二分　學正俸銀四十兩門斗二名銀十四
兩四錢齋夫二名銀二十四兩共銀七十八兩四錢　廩生
廩糧銀七十二兩　巡檢俸銀三十兩五錢二分皂隸二名
銀十二兩共銀四十二兩五錢二分

存留衛賦門軍廠軍銀一百四兩七錢三分二釐

按前款係門軍月糧銀七十一兩七錢九分九釐廠軍口糧

銀二十六兩三錢二分七釐州書留辦津貼紙張三四　六
兩六錢六釐

存留祭祀雜支實征銀九百七十四兩八錢四分三釐

按前款係文廟香燭銀二兩四錢　文廟并各祠壇祭品銀
八十四兩七錢　關帝祭品銀四十七兩八錢三分三釐
鄉飲酒禮銀六兩八錢五分八釐　修堤銀十三兩七錢一
分五釐　走隸皂隸銀六十兩　巡檢司弓兵十名銀三十
兩　鋪兵九十五名銀六百十兩二錢　正陽裕備倉斗級
四名銀二十四兩　孤貧花布口糧四十九兩五錢七分五
釐　武場供億銀三錢六分舉人會試盤纏銀四兩五錢七

分二釐
歲貢考貢盤纏銀三十三兩七錢七分二釐　時憲書銀六
兩八錢五分八釐
外不在編征額支文昌祭品銀四十五兩
凡地丁扛脚俸工祭祀等項隨正加一耗羡銀兩內留支各官
養廉銀九百八十兩餘均解司撥用
按前項係壽州知州養廉銀八百兩壽州州同養廉銀六十
兩吏目養廉銀六十兩巡檢養廉銀六十兩

鳳臺縣

實在成熟田地七千九百二十八頃七十九畝四釐內折實上田一千一百八十七頃五十八畝九分二釐一毫折實上地六千七百四十一頃二十畝一分一釐九毫　每田地一畝科
起存折色等銀一分五釐二毫二絲六忽八微五纖四沙七塵
八漠八逡九巡凡科銀一萬二千七十三兩五分四釐每畝科
攤帶人丁銀二釐八毫三絲三忽五微九纖七沙四塵一埃七
渺三漠三逡一巡凡科銀二千二百四十六兩七錢每畝科帶
征匠班銀二絲一忽七纖五沙九埃三渺六漠凡科銀十六兩
七錢一分每畝科漕項銀二毫四絲八忽四微三纖二沙六塵
四埃三渺六漠凡科銀一百九十六兩九錢七分七釐又田一
畝科漕糧贈貼銀八絲三忽七微八纖一沙五塵三埃五渺三
漠凡科銀九兩九錢五分每田一畝科征漕項米二合一勺二

抄六撮四圭五粟二粒三顆三穎二黍九稷共征米二百五十二石五斗三升五合二勺每田一畝科漕贈米八抄三撮七圭八粟一粒八顆二穎八黍四稷共征米九石九斗四升九合八勺每地一畝科起運麥四勺三抄六撮四圭九粟七粒四顆七穎六黍五稷共征麥二百九十四石二斗五升一合七勺每地一畝科漕項麥三勺八抄五撮一圭四粒九顆三穎八黍一稷共征麥二百五十九石六斗七合已上凡征銀一萬四千五百四十三兩三錢九分一釐凡征米二百六十二石四斗八升五合凡征麥五百五十三石八斗五升八合七勺按賦役全書自雍正十一年四月撥壽州田地設鳳臺縣原額田地一萬六千一百五十頃六十一畝九分一釐六毫五絲內有拋荒上中二則田地四百二十二頃三十八畝五分七釐六毫五絲實在成熟田地一萬五千七百二十八頃二十三畝三分四釐內上田六頃三畝二分上地四頃十九畝一分中田七十六頃十一畝一分五釐折上田五十頃七十三畝四分三釐三毫五絲中地二百八十一頃二十七畝一分七釐折上地一百八十七頃五十一畝四分釐六毫五絲下田二千二百六十頃六十四畝五分七釐五毫折上田一千一百三十頃八十二畝二分八釐七毫五絲下地一萬三千九十八頃九十九畝一分四釐五毫折上地六千五百四十九頃四十九畝五分七釐二毫五絲部計折實田地七千九百二十八頃七十九畝四分四釐應銀一萬二千二百七十九兩九錢八分一釐又撥壽州常額差人丁一萬一千二百三十三丁半科銀二千二百四十六兩七錢遵雍正六年上諭在本縣成熟田地一律攤征實在民賦額征銀一萬四千五百四十三兩三錢九分一釐米二百六十二石四斗八升五合麥五百五十三石八斗五升八合七勺

歸併壽春衛鳳陽左衛鳳陽前衛鳳陽後衛懷遠衛實在成熟田地二百九十二頃一十一畝四分四釐四毫九絲四忽六微

內壽春衛田地八十六頃五十三畝七分鳳陽左衛田地四頃六十畝五分三釐七毫鳳陽前衛瘠田六十畝三分二毫一絲瘠田八十頃七十五畝九分七釐三毫八絲鳳陽後衛田地九十一頃二十九畝三分五釐六毫五絲懷遠衛田地二十三頃十四畝五分七釐五毫四絲二忽壽春衛川地每畝科銀三分四釐五毫六絲七忽四微九沙八塵凡科銀二百九十九兩一錢三分六釐鳳陽左衛川每畝科銀七分五釐七毫四絲二忽二微四纖八塵凡科銀三十四兩八錢八分二釐鳳陽前衛肥田每畝科銀六分七釐八毫一絲六忽一微六纖七沙一塵凡科銀四兩八分九釐瘠田每畝科銀四分二釐四毫五絲一忽九微六纖七沙六塵凡科銀三百四十二兩八錢四分一釐鳳陽後衛田地每畝科銀八分三釐八毫九絲五忽二微三纖八塵

三埃四渺凡科銀七百六十五兩九錢一分懷遠衛田地每畝征銀八分六釐七毫五絲七忽五微八纖九沙五塵凡科銀二百兩八錢七釐招撫開墾田地每畝科銀六分五毫三忽五微一纖四沙二塵凡科銀三十一兩二錢八分又各衛田地每畝攤征人丁銀三釐三毫一絲三微四纖六沙三塵凡征銀九十六兩七錢已上都計凡科銀一千七百七十五兩六錢四分五釐外不在丁田科軍三小料銀十二兩四錢二分七釐又每畝一分加科津貼銀二百六十八兩七錢四分五釐加津銀二百六十八兩七錢四分五釐

起運項下

額解安徽藩司實征麥二百九十四石二斗五升一合七勺

按前欵係撥給壽春營兵糧之用

額解江安糧道實征米二百六十二石四斗八升五合麥二百五十九石六斗七合

按前欵係正兌正米一百五十五石八斗五升二合五勺正兌耗米四十六石七斗五升五合八勺改兌正米三十九石九斗四升一合五勺改兌耗米九石九斗八升五合四勺漕糧贈貼米九石九斗四升九合八勺漕項麥二百五十九石六斗七合每石五錢折銀一百二十九兩八錢三釐

額解安徽藩司實征銀一萬二千九百四十兩八錢七分四釐

按前款係丁地正銀一萬二千八百五十三兩一錢八分七釐賦役全書原編銀一萬二千九百八十八兩一錢二分除分撥文廟武廟各祠壇祭品銀一百三十四兩九錢三分三釐實解前數損腳銀六十一兩三錢五分四釐　本色物料銀二十六兩三錢三分三釐內銀硃十五兩一錢七分一釐黃熟銅銀一錢九分二釐鋪墊餘銀一兩五錢五分一釐白蔴銀九兩四錢一分九釐

額解江安糧道漕項銀二百六兩九錢二分七釐

按前款係漕贈銀九兩九錢五分　本折蘆蓆銀一兩六錢七分三釐　船料旱腳銀十九兩三分四釐　不敷行月銀五十四兩五錢七分四釐　食鹽銀一百十一兩三錢六分五釐　淮倉麥折銀十兩一錢六分七釐　清河廢田蓆銀

一錢六分四釐
額解安徽藩司衛賦銀九百六十八兩
按前欵係屯折銀九百七十一兩屯丁銀九十六兩七錢合
符額數
額解江安粮道衛賦銀八百六十兩四錢一分八釐
按前款係屯漕銀二百十四兩六錢九分鳳倉銀五百九十
一兩七錢二分八釐
經費項下
額征各署官役俸工資銀九百四十二兩六錢一分六釐
按前款係知府俸銀二十九兩六錢五分四釐　同知俸銀

十二兩一分八釐　通判俸銀十六兩九錢三分九釐　知
縣俸銀四十三兩五錢五分四釐倉監銀二兩八錢二分四
釐皂隸十六名銀九十六兩馬快八名銀一百三十四兩四
錢轎繖扇夫七名銀四十二兩門子二名銀十二兩禁卒八
名銀四十八兩庫子四名銀二十四兩斗級四名銀二十四
兩民壯三十名銀二百四十兩共銀六百六十六兩七錢七
分八釐　典史俸銀三十兩五錢七釐門子一名銀六兩皂
隸四名銀二十四兩馬夫一名銀六兩共銀六十六兩五錢
七釐　鳳陽府教授俸銀十九兩五錢二分齋夫二名銀二
十四兩共征銀四十三兩五錢二分　訓導俸銀四十兩齋

夫一名銀十二兩門斗一名銀七兩二錢廩生廩膳銀四十八兩共征銀一百零七兩二錢都計符額數

存留項下

存留祭祀雜支實征銀四百五十二兩九錢七分四釐

按前款係文廟併各祠壇祭品銀八十四兩七錢　文廟香燭銀二兩四錢　武廟祭品銀四十七兩八錢三分三釐　武場供億銀一錢四分八釐　本府時憲書銀一兩四錢一分二釐　本府歲貢坊儀銀五兩三分九釐　本縣時憲書銀一兩四錢一分二釐　舉人會試盤纏銀一兩八錢八分二釐　鄉飲酒禮銀二兩八錢二分四釐　歲貢坊儀銀九

兩二錢五分　修堤銀五兩六錢四分九釐　孤貧花布銀二十兩四錢二分五釐　鋪兵四十名銀二百七十兩

外不在編征留支文昌祭品銀四十五兩

存留衛賦銀十九兩九錢五分四釐

按前項係門軍口糧銀十四兩六錢一釐　廠軍口糧銀五兩三錢五分三釐

凡丁地損腳祭祀俸工等項隨正加一耗羨銀兩內存留各官養廉銀八百六十兩餘均解司撥用

按前項係知縣養廉銀八百兩　典史養廉銀六十兩

宿州

實在成熟地二萬二千九百二十七頃十七畝六分五釐二毫內一則地五千三百四十八頃一畝六分二釐七毫一則地六千五百六十二頃九十六畝一分三釐九毫三則地四千六百八十一頃五十七畝五分四則地六千三百三十四頃六十二畝三分八釐六毫每畝科丁驛起存折色銀一分七毫八絲一微一纖一沙九埃共征銀二萬四千七百一十五兩七錢五分一釐每畝科漕項銀四毫八絲三忽六微二沙九塵四埃一渺共征銀一千一百八兩七錢六分五釐一則二則折實地一畝科漕贈五正銀三毫三纖七沙一塵八埃共征銀二百五十八兩九錢一分七釐每畝科本色麥二合二勺六抄一撮九圭三粟七粒九顆八穎共征麥一千九百五十一石九斗三升八合七勺每畝科漕項米七合九勺二抄

一撮九圭八粟六粒七顆九穎共科米六千八百三十六石二斗七升六合每畝科漕贈貼米三勺三粟六粒九顆五穎五黍七稷共科米二百五十八石九斗一升六合七勺已上民賦凡科銀二萬六千八十三兩四錢三分三釐凡征米七千九十五石一斗九升二合九勺凡征麥一千九百五十一石九斗三升八合七勺按原額地六萬八十七頃九十七畝七分七釐七毫內題報荒蕪地四萬六千三百三十四頃八十七畝六釐七毫增順治十一年至雍正四年節次開闢荒地一千八百三十二頃六十四畝二分八釐三毫減修路掘廢地一頃四十六畝六釐七毫存熟地二萬五千五百八十四頃二十八畝三分二釐三毫應科丁地起存驛站折漕倉麥折等銀三萬一百四十九兩五分七釐應科米七千六百五十一石一斗七升五勺除同治七年撥入渦陽縣熟地二千六百五十七頃十畝六分七釐一毫應撥銀三千八十九兩六錢五分四釐應撥米五百五十五石九斗七升七合六勺仍存銀米合符前數

起運項下

額運江安糧道實征米七千九十五石一斗九升二合九勺實征麥一千九百五十一石九斗三升八合七勺

按前欵係正兌正米二千四百十石七升六合四勺加三耗米七百二十三石二升二合九勺改兌正米二千七百六十八石二斗一升四合六勺加二五耗米六百九十二石五升三合七勺漕糧贈貼米二百五十八石九斗一升六合八勺運軍月糧米二百四十二石九斗八合五勺按此款係解宿州衛本色米光緒九年江安糧道指駁爲麥現奏冊以麥題報舊志之說如此姑存之　鳳倉麥一千九百五十一石九斗三升八合七勺每石五錢折征銀九百七十五兩九錢七分合符前數

額解安徽藩司實征銀一萬一千七百兩七釐

按前款係丁地折色正墊銀一萬一千五百九十九兩四錢二釐　損腳銀一百兩六錢五釐

額解江安糧道實征銀一千三百六十七兩六錢八分二釐

按前欵係漕贈五正銀二百五十八兩九錢一分七釐　蓆折銀二十三兩五錢二分七釐　輕齎船料銀七十兩七錢八分八釐外撥補荒缺銀三十六兩七錢五分六釐裁汰書役工食銀五十一兩四錢二釐　撥補漕項人役工食銀三十五兩八錢四分六釐　戶口鹽鈔銀一百十六兩八錢一分九釐　運軍月糧麥折銀八十八兩三錢二釐外撥補荒缺銀三十九兩七錢五釐帶征清河縣

廢田蘆折銀二錢五分四釐外撥補荒缺銀二錢九分六釐淮安倉麥銀十二兩二錢六分四釐外撥補荒缺銀十七兩八錢一分五釐徐州倉麥折銀七百九兩五錢六分三釐合符前數

存留項下

存留支給驛站夫馬工科銀一萬百百十一兩二錢七分四釐

按前款係濉陽驛銀三千四百四十兩七分八釐夾溝驛銀三千四百四十兩七分八釐大店驛銀三千四百四十兩七分八釐一百善驛銀百九十一兩四分

存留各署官役俸工銀九百四十三兩三錢四分九釐

按前款係知州俸銀三十九兩一錢一釐門子一名銀十二兩皂隸十四名銀八十四兩民壯工食器械銀一百十四兩六錢二分九釐外撥補荒缺銀一百五十三兩三錢七分一釐又領器械銀一百兩共銀三百六十八兩除撥濉溪同知民壯銀八十兩鳳陽府鋪手銀十五兩裁汰州同民壯銀二十四兩實支銀二百四十九兩馬快八名工食并草料銀一百三十四兩四錢仵作二名銀十二兩斗級四名銀二十四兩庫子四名銀二十四兩禁卒八名銀四十八兩轎夫七名銀四十二兩修理監倉銀四兩八錢八分七釐知州員下共征銀五百三十九兩一分七釐 吏目俸銀十五兩四錢六釐外撥補荒俸銀十六兩一錢一分四釐門子一名銀六兩皂隸四名銀二十四兩馬夫一名銀六兩以上吏目員下征銀五十一兩四錢六釐 本府教授俸銀十二兩 訓

導俸銀四十兩教諭俸銀四十兩門子三名銀二十一兩六錢齋夫三名銀三十六兩共征銀一百三十七兩六錢　廩生三十名銀一百二十兩
內撥入渦陽四名應繳空缺
銀十六兩實支銀一百四兩
州同俸銀二十九兩三錢二分六釐門子一名銀六兩皂隸六名銀三十六兩傘夫一名銀六兩馬夫一名銀六兩共征銀八十三兩三錢二分六釐
按州同已歸裁併所有員
下俸工銀全數解布政司
外不在編征留支州判俸銀二十一兩九錢九分四釐赴司請補荒缺銀二十三兩六釐　門子一名銀六兩馬傘夫一名銀十二兩皂隸六名銀三十六兩馬快八名銀四十八兩民壯八名銀四十八兩共銀一百八十七兩九錢九分四釐

鳳潁同知俸銀八十兩時邨巡檢俸銀三十一兩五錢一分

鳳潁同知民壯工食銀八十兩　鳳陽府鎗手工食銀十五兩

存留祭祀及雜支等項實征銀一千五百六十一兩一錢二分一釐

按前款係　文廟香燭銀二兩四錢　武廟祭品銀四十七兩八錢三分三釐　各丁壇祭品銀八十四兩七錢　門軍工食銀五十五兩六錢八分　走遞皂隸工食銀五百兩

各鋪司兵工食銀七百三十九兩八錢
按此款責解藩司八
成銀五百九十一兩
八錢四分存留銀一百四十七兩八錢六分除發渦陽縣二
成鋪兵銀二十九兩五錢九分二釐實支銀一百十八兩三

錢六分八釐孤貧花布口糧銀六十八兩　武場供億銀二錢三分　知府總鎮司兵工食銀七兩二錢見藩司裁解　本府舖司兵工食銀二十七兩見藩司裁解　本府時憲書銀二兩一錢九分　本縣時憲書銀二兩一錢九分　本府歲貢盤纏銀四兩六錢二分四釐　本州舉人會試盤纏銀二兩九錢二分　本州歲貢枋儀銀十一兩九錢七分四釐　鄉飲酒禮銀四兩三錢八分

外不在編征留支文昌祭品銀四十五兩各閘夫工食銀四十二兩六錢

凡地丁損腳驛站俸工祭祀雜支等項隨正加一耗羨銀兩內

存留各官養廉銀九百八十兩餘均解司撥用

按前款係知州養廉銀八百兩州判養廉銀六十兩吏目養廉銀六十兩合符額數

靈璧縣

實在折實成熟上地一萬一千七百七十五頃六十四畝七分一釐五毫內上地八百七十七頃四十一畝七分五釐七毫中則地八千九百三十六頃三十八畝四分三釐折實上地五千九百十四頃八十四畝七分九釐八毫下則地一萬四百九十二頃九分八釐三毫折實上地四千四百八十九頃七十七畝一分六釐減則上地二百二十一頃三十七畝七分二釐減則中地四百十一頃三十畝折實上地二百七十二頃二十三畝二分八釐每畝科折色時價銀九釐五毫三絲一微三纖九沙六塵七埃七渺七漠七逡凡科銀一萬七百五十一兩九錢三

分八釐九毫每畝科漕項銀一釐四毫九絲八忽三微四纖九
沙八埃凡科銀一千六百九十兩四錢四分二釐九毫每畝科
攤帶缺額人丁銀六毫七絲四忽三微九纖一沙八塵九渺七
漠凡科銀七百九十四兩一錢三分九釐九毫每畝科攤帶實
丁銀六釐一毫六絲三忽一微六纖四沙四塵五埃三渺二漠
凡科銀七千二百五十七兩五錢三分五釐五毫每畝科攤帶
匠班銀三絲八忽九微七纖八沙七塵四埃九渺四漠凡科銀
四十五兩八錢九分每上則地一畝科漕糧贈貼銀九絲九忽
九微七纖五沙二塵二渺七漠凡科銀八兩七錢七分二釐每
中則地一畝科漕糧贈貼銀七絲四忽九纖三塵六埃七渺七

漠凡科銀六十六兩二錢九釐九毫每減則折實上中二則地
一畝科折色銀七毫八絲三忽四微五纖二沙五塵二埃三渺
二漠凡科銀三十八兩六錢七分一釐五毫每上則地一畝科
本色米二合七勺一抄六撮三圭二粟二粒五顆二穎二黍凡
科米二百三十八石三斗三升五合每上則地一畝科漕糧贈
貼米九抄九撮九圭九粟七粒二顆二穎三黍凡科米八石七
斗七升一合八勺每中則地一畝科本色米二合一抄四撮三
圭五粟九粒五顆四穎六稷凡科米一千八百石一斗九合一
勺每中則地一畝科漕糧贈貼米七抄四撮九粟二顆五穎五
黍八稷凡科米六十六石二斗九合九勺已上都計科銀二萬

六百五十三兩六錢一釐耗羨銀兩隨正加一都計科米二千一百十三石四斗二升五合八勺按國初原額上中下三則地四萬五千三百八十七頃六十六畝四分八釐原額征銀四萬三千六百三兩一錢五釐原額征米八千三百七十石九斗三升減虛籍田地三萬四千八百二頃九十三畝七分二釐八毫增順治十一年至乾隆十七年開墾三則地一萬五千三百八十五頃六十畝一分三釐二毫實在地二萬五千九百七十頃三十三畝八分八釐征銀二萬一千一百五十三兩八錢四分七釐征米二千二百六十三石三斗九合六勺乾隆興河工水利濬廢三則地五千五十三頃十畝三分九釐減額銀五百十一兩四分七釐減額米一百五十五石三斗二升八合四勺乾隆十九年增折實上地九頃六十四畝一分八釐八毫增額銀十兩八錢一釐增額米四斗四升四合六勺先是常額當差人丁四萬三千一百六十七應征銀一萬四千三百七十九兩四錢七分三釐順治年歷次編審凡缺額丁二萬一千一百六十五缺徭銀七千五十兩三錢二分九釐議准于熟田帶征康熙五十二年奉恩詔續生人丁永不加賦又自雍正六年爲始凡應征差人丁銀兩着于本縣成熟田地一律科征都計額征銀二萬六百五十三兩二錢一釐額征米二千一百十三石四斗二升五合八勺

起運項下

額運江安糧道實征米二千一百十三石四斗二升五合八勺

按前欵係正兌正米七百十一石四斗五合八勺奏冊作正兌稜米二百二石一斗九升六合二升正兌粟米五百九石二斗九合九勺正兌耗米二百十三石四斗二升一合八勺奏冊作加三耗稜米六十石六斗五升八合八勺加三耗粟米一百五十二石七斗六升三合改兌正米七百八十八石二斗二升八合九勺奏冊作改兌稜米二百二十三石八斗四升九合一勺改兌粟米五百六十四石三斗七升九合八勺改兌耗米一百九十七石五升七合二勺奏冊作加二五耗稜米五十五石九斗六升二合三勺加二五耗粟一百四十一石九升四合九勺宿州衛運軍月糧米一百二十八石三斗三

升四勺奏冊作稜米三十六石四斗一升六合四勺粟米九十一石七斗六升二合四勺　漕糧贈貼
米七十四石九斗八升一合七勺奏冊作稜米二十一石三斗二合二勺粟米五十三石六斗七升九合六勺　合符前數

額解安徽藩司寶征銀一萬二千八百六十九兩二錢七分三
釐

按前欵係丁地折色等銀一萬二千七百三十兩七錢六分
八釐水脚銀八十五兩六錢三分二釐　本色物料銀五十
二兩八錢七分三釐內本色銀硃銀十二兩四錢一分增辦銀硃二兩四錢四分四釐本色紅熟銅銀六兩八錢三分一釐增辦紅熟銅銀十兩五錢二分五釐本色黃熟銅銀二兩九錢六分二釐增辦黃熟銅銀一兩六錢二分九釐本色鋪墊餘銀二兩七錢二分二釐

額解江安糧道寶征銀一千七百九十二兩九錢九分四釐

按前欵係漕糧贈貼銀七十四兩九錢八分二釐　蘆蓆銀
六十三兩七分四釐　船料旱脚銀四十八兩八錢八釐
不敷行月銀四十五兩六錢五分三釐　食鹽銀七十六兩
九錢九分八釐　清河縣廢田蓆銀三錢一分二釐　宿州
衛運軍月糧銀一百三十五兩九錢三分六釐　鳳倉麥折
銀六十兩五錢二分二釐　鳳倉米折銀一千二百八十六
兩七錢九釐

存留項下

存留支給驛站夫馬工料銀四千三十六兩二錢一分六釐

按前款係鳳潁道快手二名銀十二兩轎夫一名銀六兩共征銀十八兩　本府知府馬夫二名銀三十三兩六錢修理刑具銀五兩三錢七分五釐鳳陽縣斗級一名銀六兩凡銀四十四兩九錢七分五釐　本府同知皂隸一名銀六兩　本府通判轎夫一名銀六兩　本府經歷俸銀十三兩一分

本縣俸銀二十四兩六分二釐修理倉監銀五兩三錢七分五釐門子二名銀十二兩皂隸十六名銀九十六兩禁卒八名銀四十八兩轎繖扇夫七名銀四十二兩斗級四名銀二十四兩庫子四名銀二十四兩馬快八名銀一百三十四兩四錢民壯三十八名銀三百四兩凡銀七百十三兩八錢

三分七釐　主簿俸銀十七兩八錢門子一名銀六兩皂隸四名銀二十四兩馬夫一名銀六兩凡銀五十三兩八錢見裁解藩司　典史俸銀十六兩九錢四分三釐門子一名銀六兩皂隸四名銀二十四兩馬夫一名銀六兩凡銀五十二兩九錢四分三釐　教諭俸銀四十兩訓導俸銀四十兩門斗二名銀十四兩四錢齋夫三名銀三十六兩凡銀一百三十兩四錢　廩生廩餼銀二十六兩六錢六分七釐　固鎮巡檢俸銀十六兩九錢四分三釐皂隸二名銀十二兩凡銀二十八兩九錢四分三釐

存留祭祀雜支銀八百六十兩五錢四分三釐

按前款係文廟香燭銀二兩四錢　各丁壇祭品銀八十四
兩七錢　武廟祭品銀四十七兩八錢三分三釐　鄉飲酒
禮銀四兩三錢　走遞吹手銀五十七兩六錢　固鎮巡檢
弓兵十名銀三十兩　本府總鋪司兵十五名銀九十七兩
二錢　本縣鋪兵五十六名銀四百四十八兩見支二成銀八十九兩六
錢餘銀解藩司　孤貧口糧銀七十兩一錢七分一釐　武場協濟
銀二錢一分七釐　歲貢盤纏銀十二兩九錢二分六釐
舉人會試盤纏銀三兩五錢八分三釐　時憲書銀一兩六
錢一分三釐
外不在編征在解藩司款內留支文昌祭品銀四十五兩

凡丁地攤腳驛站俸工祭祀雜支等欵隨正加一耗羨銀兩內
留支各官養廉銀五百二十兩餘均解司撥用
按前款係知縣養廉銀四百兩奏冊見支九成　典史養廉銀六十兩
巡檢養廉銀六十兩

泗州衛

額徵實在成熟并溢額田地三千五百九十八頃八十一畝一
分一釐三毫八絲五忽每畝科起存銀二分三釐二毫一忽四
微三纖六沙三塵三埃八渺五漠凡科銀八千三百四十九兩
七錢五分九釐每畝科漕項銀六絲五忽五微三纖八沙九塵
六埃八渺五漠凡科銀二十三兩五錢八分六釐每畝科攤徵

人丁銀二釐一毫九絲三微七纖六沙三塵三埃二渺八漠凡科銀七百八十八兩二錢七分五釐已上丁田凡科銀九千一百六十一兩六錢二分外不在屯田額科軍三小料銀二百三十九兩四錢按賦役全書原額田地一千四百六十三頃五十二畝五分康熙十三年淸出運餉䕶項田地二千四百九十九頃九十畝一分八釐八毫七絲六忽減豁積荒水沈田地三百七十九頃四十四畝一分六釐五毫又節次開墾並溢額田地七十七頃一十八畝三分四釐一毫節次減豁田地六十二頃三十五畝七分五釐實在田地三千五百九十八頃八十一畝一分一釐三毫應科銀八千三百七十三兩三錢四分五釐併攤帶人丁銀兩合符前數

起運項下

額解安徽藩司實科銀八千八百一十六兩五錢五分二釐

按前欵原額銀八千九百三十七兩九分減豁除并水沈豁

免銀一百二十兩五錢三分八釐合符額數

額解江安糧道實科銀二十三兩五錢八分六釐

按前款原係本衛守千員下書識工食銀兩康熙二年裁歸不敷行月之用

存留項下

存留支給官役俸工銀三百二十一兩四錢八分二釐

按前欵係本衛守備俸銀一十八兩三錢八分四釐薪銀四十六兩七錢七分九釐門子二名共銀十二兩快手二名銀一十二兩牢役六名銀三十六兩馬伞夫三名銀十八兩共銀一百四十三兩一錢六分三釐 五門門軍新改壯丁月

糧額銀一百七十八兩三錢一分九釐都計符額數

長淮衛

實在熟田并溢額基地二百八十四頃二十七畝一分四釐三毫二絲每畝科起存銀四分五釐五毫二絲七忽二微三纖一沙八埃一漠八逡凡科銀一千二百九十四兩二錢九釐每畝科漕項米麥折七并本三折銀二分一釐一毫四絲三忽九微九沙二塵三埃五渺五漠凡科銀六百一兩六分一釐每畝科攤征人丁銀二釐九毫五絲四忽九微二纖二沙三塵二埃二渺二漠凡科銀八十四兩已上都計科銀一千九百七十九兩二錢七分耗羨銀兩視正則什一外不在屯田額科軍三小料銀五十兩四錢按賦役全書原額田三百六十八頃五十八畝九分順治二年除無主荒田一百四十三頃三十畝九分續清出溢額並開墾田地五十八頃九十九畝一分四釐三毫實在成熟田地二百八十四頃二十七畝一分四釐三毫二絲額科銀一千四百十三兩四錢二分六釐米三百四十五石九斗二升八合八勺每石折銀九錢凡折銀三百十一兩三錢三分六釐麥三百四十一石一升五合七勺每石折銀五錢凡折銀一百七十兩五錢八釐又科攤征人丁銀八十四兩都計符額數

歸併宿州衛實在成熟田地七百五十九頃二十二畝三分二釐九毫三絲每畝科起存銀三分一釐九毫五絲八忽五微三纖八沙一塵五渺七漠凡科銀二千四百二十六兩三錢六分七釐每畝科漕項銀一釐二毫二絲六忽五微一纖六沙六塵三埃六渺凡科銀九十三兩一錢二分每畝科攤征人丁銀二

釐七毫九絲七忽五微九纖五沙九塵凡科銀二百十二兩四錢　已上都計科銀二千七百三十一兩八錢八分七釐耗羨銀兩隨正加一每畝科本色麥三合三抄四撮六圭八粟三顆三黍六稷凡科米二百三十石四斗外不在丁田額科軍三小料銀一百二十二兩五錢永減銀六十三兩三錢六分按賦役全書原額屯田一千七百六十一頃六畝九釐九毫順治二年減豁無主荒田一千五百二十八頃八十六畝九釐九毫續清出溢額田地五百十八頃五十九畝八分七釐六毫新墾田地三十九頃三畝三分一釐二毫乾隆十一年減豁撥廢屯地三十頃六十畝八分六釐實在成熟田地七百五十九頃二十二畝三分二釐九毫應征銀麥合符額數

起運項下

額解安徽藩司實科銀三千八百四十四兩六錢七分

按前款係長淮衛銀一千二百三十三兩五錢三釐歸併宿州衛銀二千六百十一兩一錢六分七釐都計符額數

額解江安糧道實科銀六百二十五兩六分一釐

按前款係長淮衛麥米折七本三折銀六百一兩六分一釐歸併宿州衛解省衛不敷行月銀二十四兩都計符額數

存留項下

存留支給官役俸工銀二百六十五兩四錢二分六釐麥二百三十石四斗

按前款係長淮衛守備俸銀一十八兩七錢六釐薪銀四十八兩　門子二名銀十二兩　快手二名銀一十二兩　牢

役六名銀三十六兩　馬伞夫三名銀十八兩　共銀一百
四十四兩七錢六釐　宿州衛四門門軍月糧銀二十七兩
六錢　宿州衛運丁折色月糧銀六十九兩一錢二分麥二
百三十石四斗都計符額數

徭役

自明嘉靖間行一條鞭法變差役爲差銀與兩稅爲一鳳郡之民有差銀者凡四端曰民丁曰屯丁曰匠班曰雜辦

國朝悉予寬免丁隨地納綱目疏列存其籍而已矣民丁者即明時每里一圖每圖十甲常額當差之夫役也 康熙十三年布政使司慕天顏請立均田均役定制疏略曰臣惟則壤定賦各有應輸之科征而計畝當差始無偏枯之病累江南州縣每里爲一圖每圖有十甲此歷來額定之賦役也乃民貧富不等所有田地多寡不齊若田多至數十頃而占籍止一圖或窮民僅有地幾畝而亦當差于一甲是豪富避役卸累于豪強戶下以免差徭而詭寄之弊生矣又或蠧胥姦里覷知小民不諳戶役之事包當里遞替納錢糧代應比較而包攬之弊生矣計該州縣田地總額與里甲之數將田均分每圖若干頃地編爲定制辦糧當差卯地既均則賦役自平此法自科臣柯聳條議婁縣令李復興行之最爲得宜松民至今稱便蘇松等屬倣照均編但問田地賣買不常每遇編審之期必進推收過割恐有積蠧乘機炫惑有司變亂成法則貽害無窮嗣後推收編審請照均田均役聽民自相品搭充足里甲之數不許多田少役則隱占詭寄包攬諸弊可以永清每丁科二錢至四錢四分有奇 鳳陽縣每丁科銀三錢七分三釐歸併臨淮鄉每丁科銀二錢八分三釐懷遠縣每丁科銀四錢四分二釐九毫定遠縣每丁科銀一錢二分壽州每丁科銀二錢宿州每丁科凡銀二錢七釐二毫靈璧縣每丁科銀三錢三分三釐一毫科銀四萬三百六十二兩一錢三分九釐 鳳陽縣科銀五千一百八十七兩三錢九分歸併臨淮鄉三千九百四十七兩九錢九分六釐二毫懷遠縣科銀六千七十七兩三錢九分一釐七毫定遠縣科銀四千三百八十三兩二錢四分壽州科銀五千五百六兩二錢鳳臺縣科銀二千二百四十六兩七錢宿州科銀五千七百五十五兩六錢九分六釐九毫靈璧縣科銀七千二百五十七兩五錢二分四釐九毫屯丁之屬三曰衛屯丁即明時之軍丁運丁也併衛屯丁亦軍丁運丁 康熙十一年淮江南總督麻勒吉巡撫瑪祜請裁衛歸所錢糧就近併縣徵解疏略謂江南等十六衛原設守備十六員千總三十二員管理屯丁黃快丁錢

漕查江甯等衛所屯丁黃快丁散在各州縣地方離省窵遠經
管守千各官四遠催徵完納不前致逋 國課今若歸各州縣
就近徵比頑丁不致恃遠拖欠則糧賦易于完納且衛所本折
錢糧不過二十萬散歸各州縣徵收每邑所增無幾又並入地
丁考成不煩另案參罰誠爲簡便況江西各衛屯田歸併之後
軍民俱各稱便僉運亦無窒礙已有成效則江甯等衛丁田錢
糧似應于康熙十二年爲 裁併歸就近州縣管算之丁也併衛
始照例歸并州縣徵收

又有黃快丁 順治九年議准漕督馬國柱疏請查黃屯丁審定
運軍疏爲運丁舊冊堪稽簽句積弊宜剔仰祈
 聖明俯賜採擇事臣聞凡事更張即起借端之弊前人有
例何難按籍而求如明朝用黃快船以裝貢物設船以輓漕糧
事雖並重然黃快船丁係編審小甲糧船運戶係食糧祖軍人
實分途先是兩丁皆以正身應役備受監局廠衛之騙害有免
無告嗣據南北兵部堂屬詳議疊疏奏請定爲免役編銀之法
快丁每歲納銀一萬五千兩黃丁每歲納銀二千二百兩徵解
南兵部以爲繕船募役之資此萬歷十四十六等年兵部題准
刻有船政新書可據兩丁遵此而行非一日矣至于運軍承祖
戶運差凡有事故止于運差軍餘內撥補不得將黃快船編丁
掣出領運此萬歷二十一年兵部題准至崇禎四年南兵部尚
書傅振商與漕運總督李待問又將萬歷八年及四十六年老
冊與運軍祖冊運軍底冊逐歲逐月支糧冊徹底清查審定運
軍一萬八千六百六十名有見運旗甲有食糧運餘有清出竄
丁有空間備補其間祖宗姓名子孫人數刻有運冊新考可據
運軍遵此而行亦非一日矣乃値我 朝創造方新舊弊叢生
奸甲既恐竄戶而息肩貪弁反借句查而居奇臣前閱總督漕
臣沈文奎題疏及部覆議慎重精詳深恐殷實運丁竄戶逃差
致誤 國家漕務雖然臣謂此輩有敢竄之心無能竄之法何
也兩書在案運自運丁自丁固截然不容混也臣思我
皇上念念爲民事事除害一切直省錢糧盡照萬歷年間編派
以絕額外濫加之弊則船政運冊亦萬歷年間臺省兵部幾經
參較而後成書使清查照此清查則載冊祖甲誰敢指鹿爲馬
簽運照此簽運則納銀
船丁自難以羊代牛矣 統分爲三則上則丁科銀五錢中則丁
科銀三錢下則丁科銀二錢凡正衛屯丁科銀一千三百七十
八兩七錢 鳳陽衛科銀六十三兩四錢歸併鳳陽中衛科銀九
十八兩五錢歸併鳳陽右衛科銀一百二十八兩長
淮衛科銀八十四兩歸併宿州衛科銀二百十
二兩四錢泗州衛科銀七百九十二兩四錢 併衛屯丁科銀

二千六百四十三兩六錢四分鳳陽歸併五衛科銀七十六兩六錢宿淮歸併五衛所科銀十九兩七錢懷遠歸併三衛科銀一百三十三兩五錢定遠歸併泗州衛科銀二百五兩九錢又歸併省衛科銀二百九十三兩二分壽州歸併五衛科銀二百四十五兩七錢鳳臺歸併五衛科銀九十六兩七錢匠班者當差之匠戶也

雍正十三年十一月十六日署副都御史陳世倌奏請農忙停征經總理事務王大臣議准徵收錢糧例于農忙時停徵雍正五年議准條奏頒民情有停徵之例輾轉覬避以致積欠嗣後州縣于停忙之日查明稍有限內完半者照例寬期波後尋完如未完半之戶仍行追比夫小民辛勤力作一歲之中五六兩月最為要緊生計于是出糶稅于是乎辦或不可催科勤其本業況四月限內之不能完半者多因青黃不接無力輸將雖因一二頑戶概行徵比卻稍緩時日亦可於開徵之後催令完納應如陳世倌所奏請敕部通行直省嗣後農忙之時仍照舊制概停徵比奉御批即議甚是依議速行凡科錢三百六十兩三錢八分九釐鳳陽縣科匠班銀六十二兩八錢歸併臨淮鄉科銀三十一兩五錢懷遠縣科銀四十五兩四錢五分定遠縣科銀三十二兩四錢壽州科銀四十兩五錢五分七釐鳳臺縣科銀一十六兩七錢一分宿州科銀八十三兩七分二釐靈璧縣科銀四十五兩九錢

雜辦取於商

上諭朕聞江省歲額錢糧地丁漕項蘆課雜稅之外又有名為雜辦者不在地丁項下編徵仍入地丁項下彙入分數奏銷款目甚多浯自前明迄今賦役全書止編應解之數未開載出原委即有開載出辦之處亦未編定如何徵收則例於是有缺額累官者有徵收累民者有累在官而因以及民者有累在民而因以及官者朕心軫念特頒諭旨除有款可徵無累官民之項仍照舊徵解但須嚴明例立定章程明白曉示以杜浮收隱混等弊其實在額缺有累官民者著督撫確勘請旨豁免商稅供億凡科銀一千五百六兩五錢八分三釐二毫鳳陽科商稅銀六六兩歸併臨淮鄉科商稅契銀六六兩

懷遠縣科商稅銀三十兩五錢漕院供應銀七十兩四錢五分三釐定遠縣科商稅銀一百十一兩一錢九分五釐漕院供應銀四十兩二錢九分二釐宿州科商稅契銀一十五兩靈璧縣科商稅正脚銀一十七兩七錢三分二釐二毫

漕運

鳳陽額設運船凡十有二幫幫置輸運千總隨幫一輸轉水次漕糧咸有定則鳳陽衛一幫曰常州幫船八十三隻歸併鳳陽中衛都爲三幫頭幫船六十九隻二幫船五十八隻俱受兌常州府漕糧三幫船十六隻（內有帶運廬州衛四幫船六隻）受兌六安州泗州漕糧長淮衛都爲四幫運船五十七隻受常州府漕糧二幫運船二十隻受兌豫省漕糧三幫淺船三十四隻受兌徐州府漕糧四幫運船四十隻受兌鎮江府漕糧歸併宿州衛額設二幫頭幫運船二十隻受兌鳳陽府泗州漕糧二幫淺船四十六隻受兌鳳陽府潁州府亳州漕糧凡鳳陽府屬漕運船三百六十三隻淺船五十四隻船役一丁統役丁四百一十七（[illegible]）

運京倉者爲正兌（會典正兌米入京倉以備八旗三營兵食之用）運通州倉者爲改兌（會典改兌米入通州倉以備王公百官俸廩之用）以正兌米一石加耗三斗改兌米一石加耗二斗至二斗五升（通志順治十六年議准正兌加三耗貫交倉二斗五升餘五升爲旗丁盤耗改兌加二五耗貫交倉一斗七升餘五升爲旗丁盤耗）兌給軍丁運丁者曰漕贈（順治十四年戶部議准巡按御史秦世貞疏定漕糧官收官兌各府州縣印官照派定區圖貯收在倉驗依准單交兌每正糧百石除正耗外加米五石銀五兩交與旗弁）曰月糧（會典各省運弁運軍凡出運之年各支月糧八石九斗至十有二石有差或折銀徵給或銀米各半）各因其地之宜鳳陽及歸併臨淮鄉漕糧改折曰永折（會典永折米徵銀解部）曰灰石（會典折灰石米徵銀解部以待工部灰石之用）各屬有暫折（順天府志戶部議單舊本起運漕糧例不改折有被災地方准其暫時折解○漕運全書咸豐初軍務繁興東南各省不能起運本色始議改征折色○通志同治三年

議淮安徽漕糧暫徵折色正米耗米均按例定價值核米每石折銀一兩三錢粟米每石折銀一兩二錢提存藩庫其給丁耗贈行月等米亦照正耗米例定價值提存糧道庫起解部庫○按通志載司冊存各州縣漕糧折解銀數懷遠定遠壽州鳳臺四州縣正耗並隨漕雜項米俱每石折正項銀一兩三錢雜耗銀六錢水脚銀二錢宿州正耗並隨漕雜項米每石正項銀一兩三錢雜款銀七錢水脚銀二錢靈璧縣正耗並隨漕雜項米每石正項銀一兩三錢雜耗銀六錢

隨漕雜項有輕齎有攤帶清河麥折席折懷遠縣志一項系明萬歷間攤帶始康熙二年奉文攤征麥折原解淮安倉改解淮海道今解糧道謂之淮倉銀定遠縣志清河廢田蘆銀一項明萬歷間題明攤帶四府三州攤鳳陽府銀一十四兩四錢四分八釐八毫今解督糧道有不敷行月內系康熙元年裁汰府縣佐雜各書辦工食銀兩原解安徽落司康熙二年漕督林題歸漕項之用又州縣各撥給漕院不敷銀五十兩解糧道爲不敷行月之糧有戶口食鹽明會典永樂三年各府州縣官民人等戶口食鹽各隨地方徵米鈔四年令食鹽官民人等一體見丁納鈔支鹽大口十五歲以上月支鹽一斤納鈔一貫小口十歲以上月支鹽半斤納鈔五百安徽通志謂此即一條鞭內鹽鈔之款有本色席折會典各省正兌改兌米每二石總征葦席一以十分之一七隨船解通爲倉廒苫蓋之用安徽通志康熙二十五年議准三分本色席片止徵解二分五釐減去五釐並折銀與前七分折色銀均解通濟庫各衛有軍三小料宿州志云例系領運旗丁出辦解赴淮廠支給料船之用今改解督糧道交納有津貼其獨見壽州鳳臺二境者爲綱軍壽州志舊有長淮衛三四兩幫綱軍田地坐落壽州鳳臺靈邱三州縣地方應徵加津銀兩獨見於定遠省衛者爲楞木會典每正兌米二十石征楞木一以十分之五解通爲倉廒鋪墊之用均折銀徵解通濟庫有黃快屯糧協濟注見戶口攷又有截留漕糧撥協營衛者鳳陽協壽州亳州營米懷遠撥協宿州兵米定遠協長淮衛領軍官旗麥即運軍半本麥見定遠志壽州鳳臺協壽春鎮兵麥宿州靈璧協宿州衛月粮麥均詳田賦考

關榷

明設倉關鳳陽典司各屬民賦賦經出之地則蘇松常鎮安甯太鳳廬淮揚十一府滁州來安全椒三州縣併鳳陽中右等八衛一所也其河南八府一州屬及飛熊英武廣武三衛民屯本折錢糧併隸關掌而行賣坐販菴蓬船鈔亦以其地權之嗣河南所屬納河南藩司安徽江蘇等府州屬一應米麥錢糧於康熙三十三年歸併江南糧道至是鳳關但科商稅矣關始立於明成化元年督察者鳳陽通判

國朝順治八年歸併鳳陽倉差監督康熙二十一年題准照例差滿洲司官一員三十四年設關署於壽州西南六十里之正

陽舖五十五年歸安徽巡撫兼收乾隆五年差監督管理十四年歸鳳廬道管理仍兼監督銜其分口收稅者曰臨淮曰長淮曰蚌埠（俱屬鳳陽縣）曰懷遠（在懷遠縣治）曰爐橋（屬定遠縣移設新城屬懷遠縣）曰盱眙曰潤溪（俱屬盱眙縣）曰濉河（屬泗州）曰亳州（屬潁州府以上四口俱非鳳陽府境 按通志鳳陽府城原設分口征稅旋因非係通衢皆市井販賣停其征收宿州何志符離口乾隆十六年廬鳳道尤拔把創設口岸尚無定額周天爵任宿州時知民間擾累并廬鳳道即奏免）額定正稅銀七萬九千八百三十九兩銅觔水腳銀一萬三百二十兩六錢贏餘銀一萬七千兩（戶部則例 按鳳關于咸豐間停廢光緒二年議准自六月初一日復設試辦儘征儘解）雍正六年將各口岸增減畫一條例凡正稅之所取船運曰樑頭（有關上例關下例之別正陽上接豫境糧食多販自光固等處歷照稞斛征收關上上者外來貨船也關下兩者南下裝載船也船載糧貨無殊例皆以八尺五寸

起料關上例合納豫斛六十石關下例合納豫斛七十石均科稅銀一兩一錢一分積算至一丈八尺爲滿料關上例合納戸斛三百石關下例合納豫斛五百石均科稅銀九兩三錢九分每稅一兩另科水脚銀四錢六分臨淮長淮本地裝載糧食船照正陽關上樑頭例無水脚其懷蚌盱潁各口俱照關下例亦無水脚 按通志明初止有商稅無船鈔至宣德四年以鈔法不行設關收鈔量舟大小修廣而差其額謂之船料不稅其貨滿料之外曰加艙惟正陽有之一艙之額關上例以五十石爲率關下例以八十石爲率增一率倍增一艙艙加稅二兩率減半亦如之曰餘石各口樑頭滿料之外所餘不論加艙按石科稅析舟而載曰駁本船不任滿載另帶駁船分載正陽除科一船料外仍按原載石數每石科銀五釐自臨淮以下分駁者盱眙泗征駁船正稅銀八錢三分載竹木曰菴蓬按件征稅另科稅之半門銅鉼水脚臨淮則有梔封稅權征水販糧食貨船按梔封丈尺科稅凡梔封一丈科稅二兩二錢益一尺益銀三兩損如之損益之率大限不過一丈八尺小限九尺而止八尺有奇如九尺例 按原領梔封則例自七尺起征銀二錢一分按尺遞增銀三分增至一丈八尺而止科銀五錢四分自康熙二十五年起照則榷征嗣于四十五年改今則

船料亦曰梔封臨淮卸載貨船查係上流已稅至此改陸他往者及本地裝載糖蘗紮木等船赴亳納稅者俱征船料銀五錢三分長淮口之卸載滿料雜貨船查係亳州正陽懷遠販來者或本地裝載之滿料雜貨船查係往亳報稅者每船俱征船料銀五錢三分爐橋口各貨往亳納稅者每船止征船料銀八錢八分 案奏銷冊但作梔封凡不及八尺五寸者曰小販論銀錢簿論糧食雜貨凡糧食雜貨樑頭爲菴蓬旱稅俱爲銀簿糧食小飯正陽關二十二石以下爲錢簿二十三石以上爲銀簿臨淮口四十一石以下爲錢簿四十二石以上爲銀簿懷遠盱眙均四十八石以下爲錢簿四十九石以上俱爲銀簿淮貨小販正陽關二十九石半以下爲錢簿三十石以上爲銀簿臨淮口小梔封盱亳兩口落地稅懷遠口不及丈尺者均爲錢簿餘俱爲銀簿抵關口坐售者曰落地分別在他口已稅未稅完貼輕重陸運者科旱稅亳州商船以旱稅比例旱稅有三曰車載曰包捆曰馱載分別輕重按則科稅亳州無論商船陸販均依旱稅例征收應免征者豁之順治十七年議准書籍過關免科應寬征者予折減卹商正陽關糙米子花新小麥按九折科稅

由盱眙泗溪及壽州河口湖流貨船均八折科稅其米包豌豌大麥火肉子白麪皂礬中餅及下划船貨物均七折科征麻餅自壽州河口沿流貨船六折科征蕎麥稭穀穀子菜餅廢鐵紅土鐵麻猪毛粗瓷碗槐花火石煤均照五折科征臨淮口煙舍船秫秫大麥七折成米稻穀五折成米再視正陽梁頭例科稅長淮口同其科稅之物曰食物曰用物曰衣物曰牲畜曰雜貨戶部則例積算率百穀論石論衡竹木金鐵麻縷絲絮論捆載竹亦論个木論材布論丁絲綺倍匹爲扈四爲箱食物論坻論甑論鈞石氈裘牛馬羊皮論具牲畜論蹄躈駝載嘗省凡稅一貨視貨貴賤有差遠近有差洄溯有差關上下有差買載賣載有差沿河之設關口者東西近千里上枕徐豫下達吳越扼襟喉其間頗多粟亳富藥材氈廁皮革六安饒材竹穀纑茶光固紡績任布實事蠶任綺縠其糖若紙金銅

錫連皆產出江浙貨輸流下上往往千里駢屬亦江淮間一都會也

正稅之外有雜稅其目六平餘錢餘充公補平歸公傾銷也六款惟充公論石餘悉取於銀簿錢簿上注見平餘者銀簿隨科之銀也銀簿凡稅一兩隨科平餘銀二分一釐錢餘者錢簿隨科之銀也錢簿凡稅一兩隨科錢餘二錢二分充公者按石隨科之銀也糧食論石雜貨以稅四分合爲一石俱每石另科充公銀二釐補平亦取於銀簿而關與口殊章凡銀簿稅一兩正陽關隨科六分三釐各口俱科七分九釐歸公傾銷取於銀簿關有之口不與焉凡正陽關銀簿稅銀一兩隨科歸公銀七分傾銷銀七分

坿稅者有土藥鳳陽關添設土藥稅課經始于咸豐九年關道黃元吉同治二年苗逆竄擾與常稅停徵光緒

二年兩江總督沈　奏准復設凡船販土藥由各關口稽徵陸地則招殷實商民承充土藥行負令包定額數稅凡三則曰正曰耗曰雜費而又原分附近關口之壽州鳳臺亳州蒙城渦陽懷遠鳳陽泗州盱眙天長五河十一州縣稅銀歲解戶部其宿州定遠靈璧阜陽潁上太和霍邱六安霍山英山十州縣稅銀按年解歸皖北釐局撥充軍餉耗爲傾工火耗之需雜費則解部飯食加平書役心紅紙張解費之所取也歲有定額

附錄鹽道胡玉坦光緒二年詳議招行認繳土藥稅章一鳳陽關前奉部文添征洋藥一稅經黃前關道分飭關卡開征在案茲查此項貨物散漫難稽陸地尤難查察若照百貨之例由關收稅派役巡查既多匿漏復恐滋擾擬仿湖北等省章程示招各屬殷實之戶承充藥土行查照後開科則代收稅銀仍令該行包定月繳稅額按期附就近關口呈繳彙解以杜隱匿

一藥土行應照地方之大小定行戶之多寡以免多則難稽少則專利今酌定鳳陽府鳳陽縣臨淮關定遠靈璧宿州鳳臺潁上霍邱泗州盱眙天長五河英山霍山等處城內各設一家懷遠壽州正陽關阜陽太和亳州渦陽蒙城六安等處城內各設二家其各屬繁盛集鎮准設一家附近簡僻處所歸其代收包繳

一凡願充土行各須出具鄰右保結存關備案並將認定收稅地段稟明核定稅額

一洋藥及內地所產各土前奉部文飭令一律收稅每百斤征銀三十兩現當試辦之始因地制宜通融酌減凡洋藥及內地土每斤征稅二錢耗銀二分代土膏每百兩征稅二兩五錢耗銀二錢五分

一各戶領簿開行後凡所認地段內買賣土藥均歸該行經理照章收稅於藥土包皮塊頭上鈐該行圖記掣給本關稅票仍照稅票內註斤重分給一兩或五錢小票以便該客零星售賣不再征稅如查無圖票之貨及不歸行買賣者即以私論

一各行所征乃係起城落地門市之稅其由水運過載之貨仍歸關口照例稽征惟查淮河自設釐卡以來從未收過此項釐金故不得已而籌此變通辦法期於稅歸有著仍存關口稽征之例以符部案

凡每歲額科歸關正稅銀一千五百六十七兩二錢壽州一百五兩六錢正陽二百四十兩鳳臺八十一兩六錢鳳陽九十六兩懷遠一百七十五兩二錢蒙城一百二十兩亳州一百二十兩渦陽一百三十二兩泗州一百三十六兩八錢盱眙七十二兩天長二百十

六霍五百七十二兩耗羨正什一凡一百五十四兩八錢懷遠少七錢二分泗州少一錢下二二錢雜費銀三百八十兩七錢六分壽州五十八兩八分正陽九十六兩鳳臺四十四兩八錢八分鳳陽三十三兩蒙城六十六兩亳州六十六兩五河十六兩八錢其懷遠泗盱天等五處俱無雜費每歲額科歸臺正稅銀一千二百八十八兩八錢宿州一百二十兩定遠一百十二兩八錢靈璧六十四兩八錢阜陽二百四十兩潁上一百二十兩太和九十六兩霍邱一百二十兩六安一百六十八兩六安四鄉九十六兩各六八十六兩四錢英六六十一兩八錢耗羨正什一凡一百二十八兩八錢八分雜費銀四百四十一兩八錢四分阜陽九十六兩潁上六十六兩太和五十二兩八錢霍邱六十六兩六安六十兩七錢二分六安四鄉五十二兩八錢霍山四十七兩五錢二分其定遠懷遠處俱無雜費又六安州四鄉歲征盈餘銀一百四十二兩一錢四分嗣將滿臺土稅稟准留存關庫以備收數短絀年分撥充常稅湊解京餉

附錄關道高萬鵬稟稿敬稟者竊查皖北各屬土稅銀兩前于光緒二年復關之時經胡前關道詳奉 前升憲裕 批飭歸關一手經理嗣又會同淮北釐局核議詳准將附近關口之壽州等十一州縣所收稅銀歸關按年解部宿州等十州縣所收稅銀按年解歸淮北牙釐局轉解糧臺充餉歷經循照辦理十一年四月前護關道顧守於詳覆皖北各屬行銷均係土藥稅銀請循舊征收案內聲請將原議撥歸釐局稅銀自四月初一日為始全行解部奉 前署憲盧 批准在案茲值關稅年滿應行造報之時而查核歷年前項稅銀係將所收本屆歸關稅銀專款解部具摺奏報並造行戶姓名認納斤數銀數總散各冊分別呈咨一面將歸局正稅並舊欠銀兩一律移解牙釐局轉解糧臺充餉本屆自光緒十一年三月初一日起至十二年二月底止所征土稅除向歸關稅款項應仍解赴部庫外其餘銀二千一百七十八兩六錢四分舊章係應解牙釐局轉解糧臺充餉之款向不報部今若全數解部與歷年奏案不符誠恐有干部詰查鳳關常稅項下每年有應解京餉三萬兩又內務府參價監督養廉辦公並各衙門平飯及全關例支經費約需二萬數百兩每年非征五萬二千數百兩不敷報解現乙酉常稅征不敷解卷查壬午一屆因收短絀不敷起解京餉經劉前署關道將是年征存應解釐局土稅銀一千八百七十六

兩二分撥充常稅湊解京餉報明有案乙酉收數短絀與壬午事同一律擬請將前項向歸釐局批准歸關土稅銀二千一百七十八兩六錢四分撥充本屆常稅湊解京餉以期事歸核實而符歷年奏案是否有當理合稟陳鑒核批示祗遵　敬再稟者竊查鳳關經征土稅內舊章解臺充餉之款前護關道顧守詳請全行解部係爲關務生色起見未合前後通籌查歷年報銷底冊每年解部土稅祗一千數十兩至多不過一千二三百兩其中尚有洋藥稅銀在內釐局之款向歸百貨釐金內造報並不專款報部現在洋藥一項自上年四月初一日起統歸蕪湖關征收鳳關專征土藥收數應較前減少今若將向歸釐局之款一併解部則本屆土稅較前反增二千餘兩既與歷屆成案不符且近來土稅年不如年收數更恐日短一日倘以後征不足數即啓部胥挑剔之端鳳關掣肘情形早邀鈞鑒何堪再有意外需索今擬援照壬午年撥充常稅之案稟乞憲恩將向解釐局現已批准歸關土稅銀兩撥充常稅湊解京餉雖專款報解與彙入京餉起解名目微有不同而解部撥充正用則一與以公濟公之道亦不相背除具正稟外合再稟懇鑒核垂念土稅全行解部後難爲繼本屆短征又不敷撥解京餉俯賜批准照辦俾部撥要款不致貽誤感荷成全永矢勿諼矣光緒十二年三月奉　撫部院吳　批開如稟辦理仰即遵照此繳另

單並悉　護關道趙守舒翹稟略謂乙酉屆關稅報滿之時高前關道以土稅舊章歸臺及所收舊欠銀兩向歸釐局轉詳撥臺充餉並不報部今若全數解部與歷年奏案不符恐干部詰援案稟請將是年歸臺土稅撥充常稅湊解京餉奉准照辦在案茲丙午屆所收土稅除解部外仍存歸臺及舊欠共銀二千五百九十一兩四錢八分理應照案撥充常稅以歸核實惟本屆關稅因豆糧暢銷征收較旺故京餉等款足敷解支而以後之稅收如何毫無把握伏思關稅之衰旺既適時勢爲轉移非八所能自主今若將前項銀兩撥充常稅報部于本屆公事固屬較好第恐將來收數復減相形益絀高前升道頗行時與護關道再三籌商以爲關務事宜不可不稍留餘地以免後來掣肘囑將前項銀兩稟乞憲恩移交後任暫存關庫以備日後收數短絀年分撥充常稅應用茲值年滿造報之時理合瀝情稟陳鑒核批示立案實爲公便光緒十三年閏四月奉　撫部院陳　批開如稟立案仰新任王道即將移交前項銀兩照數接收存儲以備日後彌補之用並移趙護關道知照此繳

加稅者有茶糖二成光緒二十年八月戶部籌餉條議原奏內開中國利源鹽課而外以茶課爲大宗近年印度產茶日本產茶頗於華商有礙而其色味之勝行銷之暢終遜華茶雖酌加釐金不慮洋茶浸灌查各省茶釐有按引

案箱案據之異其販之業戶販之引戶販之商販辦法亦復不同擬令各省各就現在抽釐數目再行加抽二成至糖斤一項僉謂熬煮得法其利與鹽相埒東南數省銷售尤多亦擬令各省就向設局卡處所無論紅白蔗糖等名目均於照常抽釐之外加抽二成此兩項加抽成數無幾不難舉行應居半年將加抽數目另款彙存專案報部聽候撥用仍令先行曉諭各商單事一律即行停止

菸酒八成

光緒二十一年六月戶部議奏重抽菸酒稅釐查西例菸酒稅最重以其耗費民財而非日用所必需故即以重征寓禁止之意今釀酒遍天下所耗糧穀甚多菸則閩花屯絲等名目不勝枚舉民間多種一畝菸草即少一畝禾麥於民食殊有關係今擬略仿西例重抽稅釐應由臣部通行各直省議立章程另行籌辦等因王前關道詳議若照例加倍抽收恐商力不逮勢必相率停運轉失應有之稅請仿二成茶糖之案改為加征四成另存報撥奉　撫部院　撫批准照辦至零售菸酒之家小本營生到處皆有利甚微末應免稽征以尊政體而杜紛擾　二十五年九月戶部籌議六條略曰菸酒兩項係屬嗜好之物非日用所必需即價值稍昂尚于民生無礙況燒麴釀酒最耗糧食而膏腴之地多種一畝菸草即少種一畝五穀均有妨于民食似設法嚴禁方為正辦特禁止徒有其名且易啟需索滋擾之弊查西人各項稅則最為繁重而菸酒兩項較尋常應稅之物尤加至什倍頗得以征為禁之意今擬通行各省自接到部文後按照從前菸酒抽收稅釐之數再加征一倍不得任意減輕亦不得藉端擾累此外如洋藥土藥熬成烟膏以及洋煙洋烟捲等項凡販自華商不與洋人交涉者均由該地方官察酌情形妥議辦法量抽釐金以歸一律等因關道悳齡以皖北地方菸酒出產無多經過關口皆零星小販并若他省關鉅載暢行有妨民食至洋酒洋煙捲皖北向不行銷所有菸酒兩項擬于常稅之外仿照上年四成之案再加四成統以八成加科稟奉　撫部院鄧　批准照辦

歲科稅銀無定額另儲專案報撥

釐剔弊竇酌提充公者為清釐光緒二十二年

上諭近今各省關征多報少動以常稅短絀為詞積習相沿顯有中飽情弊著各督撫監督等激發天良認真整頓總期嚴實報部不准稍有隱匿以重稅課將此通諭知之欽此是年鳳陽

關將本關口相沿陋規分別清釐提出歸公附錄安徽巡撫福奏報鳳陽關清
釐陋規疏略曰臣訪聞鳳陽關收數日絀經理未得其宜弊端
亦所難免又經嚴飭護理該關監督馮煦明察暗訪澈底根查
一面督飭在關員吏各就應入之數據實詳細開報該監督破
除情面認眞稽核其正稅而外另曰耗餘曰公費曰驗票三項
名目均隨同稅銀取之于商每年收數多寡不等有爲監督員
吏辦公之需者亦有充作地方公用及爲書吏所分肥者此等
積弊不知始自何時而相沿既久商民稱便當此時事艱難庫
儲奇絀與其去自然之利別爲搜求曷若化私爲公藉資挹注
自本年五月初一日爲始分別提出歸公仍酌留有餘以養其
廉所需地方公用亦酌爲留存總期事能經久免生弊竇現就
此次酌提各項按照近年常額而論歲本關口凡科稅
可得銀二萬餘兩于庫儲不無小補曰耗餘銀每兩連雜稅
收錢二千餘文不等由經制易銀解庫所贏之錢名曰耗餘自
清釐後銀錢均照市作價耗餘則提半入清釐半留爲經制辦
公之曰公費公費之所取論戶論件光緒六年關道牛蘭生重
用定減成章程視舊章損五之一舊章先□重者則
以物之貴賤爲權所收之費有爲本關口津貼者有爲地方公
用者自此次清釐後作十成按月算入清釐者三地方公用者

三監督辦公與各關曰驗票洋票零空等船經過間有驗票等
口津貼各得其二費正陽則有商保名目自清釐後
除瑣細者裁革恤商餘以七成歸
公三成發給在關員吏以資津貼歲科無定額儘數批解藩庫
湊還洋款關稅奏報向連閏扣足十二箇月推計丙申屆奏銷
自光緒二十一年十一月初一日起清釐案自二十
二年五月初一日起故丙申屆奏報清釐歸公款祇半年銀一
萬三千二百四十五兩六錢丁酉屆銀三萬二千五百三十八
兩二錢五分九釐八毫戊戌屆銀一萬七千二兩四錢七分三
釐己亥屆銀一萬九千十五兩二錢一分八釐庚子屆銀三萬
八百二十七兩六錢四分四釐四毫辛丑屆
銀三萬二千六百十二兩八錢八分二釐

附錄鹽法倉儲雜租課税

凡食鹽引地各有定額鳳陽懷遠定遠壽州鳳臺靈璧六縣皆食淮北鹽合計歲行額引四萬一千八百七十七道（案各州縣志鳳陽縣額引六千二百二十四道懷遠縣額引四千一百一十道定遠縣額引九千三百九十四道壽州額引一萬四千六百二十四道五分鳳臺縣額引二千三百一十二道五分靈璧縣額引五千二百一十二道）每引配鹽三百六十四斤價隨時售道光十二年淮北奏改票鹽六州縣遂無定額宿州則食山東鹽歲行額引二萬八百九十三道減三千七百三十五道（按宿州河志同治十一年准減實銷引一萬六千三十五道又撥歸渦陽鹽引二千三百道實存此數）每引配鹽三百二十五斤課銀二錢四分五釐八絲見在亦無歲行常額

鳳陽額設常平儲備二倉社倉者民間所捐立也凡常平倉額儲米一十三萬二千石（鳳陽縣一萬八千石又歸併府倉一萬石歸併臨淮倉一萬四千石懷遠縣一萬四千石定遠縣一萬四千石壽州一萬七千石鳳臺縣一萬四千石宿州一萬七千石靈璧縣一萬四千石）儲備倉儲麥米穀合一萬三千六百六十六石六斗六升六合有奇（鳳陽縣米五千石懷遠縣麥一千五百石壽州穀四千石鳳臺縣麥一千五百石宿州小麥一千六百六石六斗六升六合有奇）社倉儲穀四萬九千二百石（鳳陽縣八千石懷遠縣六千三百石定遠縣六千三百石壽州八千石鳳臺縣六千三百石宿州八千石靈璧縣六千三百石）其後續有動缺咸豐以來迭經兵燹倉穀遂無定額云

凡正賦之外商賈榷課則又雜税雜税之屬有牙税銀（額征鳳陽縣銀一百二十一兩八錢歸併臨淮鄉銀一百五十五兩懷遠縣銀二百二十九兩四錢壽州銀一百七十四兩六錢鳳臺縣銀三

十六兩七錢宿州銀四百一兩八錢靈璧縣無定額

附學堂

近奉
明詔罷科舉命各直省創建學堂隋唐以來取士之法始一變
而復三代膠庠之制前古未有之盛典也今方伯前鳳潁
六泗道馮公煦首捐鉅金改郡城淮南書院爲經世學堂
張公成勳繼之籌款購置泗州灘地多畝並撥書院膏火
以充經費招諸生肄業其中規模粗具太守恩公銘復由
所屬歲籌款力爲擴充且創設師範傳習所冀宏造就而
鳳郡各屬亦先後踵建惟所報多略而弗詳兹擇官立公
立可攷者附於學校篇末以爲嚆矢云爾

府城　官立經世中學堂在三元街後光緒二十七年署鳳潁
六泗道馮煦以淮南書院改建馮公捐銀一萬五千兩續籌銀
三千一百兩撥書院原本錢六千串俱存典生息歲進利銀一
千八百一十兩錢六百串文前道張公成勳籌錢五千串購置
泗州中潼灘地三十三頃有奇歲收租錢六百六十串有奇太
守恩公銘復飭鳳陽七屬歲籌捐銀二千兩以作堂中常年經
費所有管理教員課程規則俱遵照定章　公立高等小學堂
在倉巷光緒三十一年以普善堂房屋地址改建稟准將文德
洲及市房租歲收錢六百串有奇原充賓興費撥歸堂用
鳳陽　官立鳳臨高等小學堂在倉巷光緒二十九年知縣彭

誠孫以公所改建禀准開墾明陵餘荒收租撥充堂用

臨淮　官立高等小學堂在西關外借用馬公祠并購地建置以花園湖地租及加抽鹽釐本街鋪捐藉充經費

懷遠　官立高等小學堂在城內以眞儒書院改建卽撥書院膏火爲經費并禀准抽收蹏角油捐　公立莘華兩等小學堂在城外借用三元宮　公立養正初等小學堂在城內借用福德祠　公立端本初等小學堂在城內借用劉猛將軍廟及元眞觀　公立樂羣兩等小學堂在城內借用文昌街民房

定遠　官立高等小學堂在城內以曲陽書院改建

壽州　公立中小學堂在城內大寺巷以循理書院改建　公

立崇養學堂在城內大街借用僧忠親王祠　官立龔梅中學堂在正陽關由督銷局籌建　公立初等小學堂在正陽關以壽陽書院改建

鳳台　公立高等小學堂在城外借用學宮

宿州　官立正誼中學堂在學宮東北以正誼書院改建　官立高等小學堂在城內以新裁衛署改建　官立初等小學堂在城內借用千佛閣　官立四關初等小學堂一在東關借用準提菴一在西關借用東嶽廟一在南關借用王氏宗祠一在北關借用關帝廟　官立巡警半日學堂在東門內借用關帝廟

靈壁　官立高等小學堂在城内以正學書院改建　公立初等小學堂在城内借用學宮